如是观

陶 晖 著

光明日报出版社

图书在版编目（CIP）数据

如是观 / 陶晖著. -- 北京：光明日报出版社，
2018.8

ISBN 978-7-5194-4442-6

Ⅰ.①如… Ⅱ.①陶… Ⅲ.①散文集-中国-当代
②短篇小说-小说集-中国-当代 Ⅳ.①I217.2

中国版本图书馆 CIP 数据核字(2018)第 168058 号

如 是 观
RU SHI GUAN

著　　者：陶　晖

责任编辑：李壬杰　　　　　　责任校对：吕杭君
封面设计：景秀文化　　　　　　责任印制：曹　净

出版发行：光明日报出版社

地　　址：北京市西城区永安路 106 号，100050

电　　话：010-67021047（咨询），010-63131930（邮购）

传　　真：010-67078227，67078255

网　　址：http://book.gmw.cn

E - Mail：lirenjiem@126.com

法律顾问：北京德恒律师事务所龚柳方律师

印　　刷：四川科德彩色数码科技有限公司

装　　订：四川科德彩色数码科技有限公司

本书如有破损、缺页、装订错误，请与本社联系调换，电话：010-67019571

开　　本：145mm×210mm　　　印　张：8

字　　数：220 千字

版　　次：2018 年 8 月第 1 版

印　　次：2020 年 7 月第 2 次印刷

书　　号：ISBN　978-7-5194-4442-6

定　　价：39.00 元

谨以此书献给我的母亲

最好的样子（序）

胡成瑶

不知道哪一天，灰灰同学就潜入了我的生活。

对，就是潜入。随风潜入夜，润物细无声。她不是王熙凤式的人，没有那种开场。

我都忘了我是在什么时候，什么机缘下，什么活动中，就认识了她。然后，她就默默地进驻到我的人生中来。

最先看到的是她的文章，她一篇接着一篇发文章过来，我也一篇接一篇地发。后来我们在孝感见面了，她穿着淡淡的花裙子，人淡如菊。

她的人和文是一路的，都是淡淡的，但很有韵味。

最先，《湖北电力报》还在，大约2015年开始，她特别频繁地在上面发表文章。可惜到了2015年底，我们的报纸关停。我也转型去做新媒体，好在还负责内网的《文学天地》栏目，灰灰同学继续以极高的频率给我投稿。后来，电力系统的很多作者陆续开通自己的微信公众号，灰灰同学也开辟了自己的园地，也算是潮流了一回，做起了自媒体。

几年下来，我们谁也没能成为"网红"，却在公众号上用心良多，收获良多。有了公众号，逼迫我们必须勤奋一点。几年下来，灰灰决定把文章结集成书，我非常赞成。

这几年来，我们几乎保持每年见一面的节奏，平时没事的时候也没多讲话，也许到了我们这个年纪才知道，没事才是好

消息。

我们在彼此的文字里了解对方，怀念对方，触摸对方。

这本集子里收录的近 60 篇文章，都是近些年她的新作，我不是第一读者，大约也是第二读者。从她的书写里，我了解到了她们的整个家族的命运和心态。

灰灰同学母亲的家族是安陆人。安陆，安陆，多么好的地方，安静的陆地，安稳的陆地。难怪天下第一浪子——李白也在这里结了婚。

那个生活在安陆鲜鱼巷的外婆，生养了很多孩子，个个白皙漂亮。她活了 106 岁，皮肤白皙，爱读小说。

若说外婆读书，那可真叫"读"，一本书拿在眼睛前方，一个字一个字地念出声，一本厚厚的小说就这样被她念念有词地读完。

当年我看琼瑶阿姨的《彩霞满天》，外婆也跟着看，看完了，向我感慨：终于还是在一起了。

……

一场感冒让 106 岁的外婆卧床不起。她老人家百年最后的时光是在安陆的鲜鱼巷度过的。她的身边，两个女儿一直陪伴着她。

灰灰的姨妈，今年 91 岁高龄，精神矍铄，记忆力惊人，常常应晚辈的要求讲那些过去的事情：

我和表姐一左一右坐在她的身边，鼓动她念念外公的诗，姨妈放下右手，重新端正了身子，眼睛注视前方，一字一句念出：

一朝不见爹娘面，踏雪春寒看一回。

71 年啊，让我不禁想到庄子在《知北游》里感叹的：人生天地间，若白驹过隙，忽然而已。

灰灰的文字就是如此，没有大喊大叫，没有声嘶力竭，没有苦大仇深，有的是自然生发的对时光易逝的慨叹。

这个家族的长寿除了基因，还有性格。读她的家族故事，再观察灰灰同学本人，会发现他们家族的心态都平和而乐观，心地善良，心胸豁达。

今年91岁高龄的姨妈，当年是一名乡村医生：

……在六千两百多个日日夜夜里，她背着医药箱，跑遍了整个杨店区，用她的双手在有阳光的白昼或者昏暗的煤油灯下迎接了无数个情愿或者不情愿来到这个世界的婴儿。

人人都知道她，那个矮矮的、微胖的、白皙的区卫生院的"接生婆"。

17年里，姨妈从没有出一起医疗事故，没有一个妇女或者婴儿在她的手中出事。

……

每次接生完，再穷的人家也要给姨妈打上一碗热乎乎的红糖鸡蛋。规矩不能是两个鸡蛋，所以每次姨妈最少也要吃上三个鸡蛋，生活富裕一点儿的人家会打上四个或者五个鸡蛋。

姨妈常常推辞吃不了这么多，但热情的庄稼人是非要看着姨妈吃完才肯放姨妈离开的。

据灰灰同学粗略计算，姨妈那些年大概吃了一万多个鸡蛋，按每接生一个孩子吃三个鸡蛋计算，她大概让三千多个婴儿平安地降临到这个世界上。在那个医疗条件极其落后的年代，她为当地的产妇和家庭带去了多大的福祉！

这大约是千字文里说的"福缘善庆"吧。

灰灰的母亲沉静知性，父亲是武汉下乡的知青，为人豪爽泼辣，人称"陶拐子"。灰灰只用一个细节便写出了父亲的气质，年轻时的他穿一件果绿色的衬衣，几十年过去了让当地人

还记忆犹新，可见当年之震动。

父亲去世后，灰灰还拍下了他当年亲手做的一套沙发，也是果绿色的皮面。

灰灰写父母亲的爱情，他们性格迥异，却相爱相亲一辈子。谁说果绿不能配酒红？

灰灰还写自己陪儿子考武汉音乐学院的经历。少年郎温和而懂事，有其母之风。

生动的善良的人，他们的往事记录下来就是极好的文章。有一次我见到灰灰，极力鼓动她做口述史，趁老人们还在，赶紧把他们知道的往事记录下来。谁料到，比我们更有紧迫感的是灰灰的母亲。

母亲记忆力其实也在减退。但她在家把自己出生到现在的还记得的、经历过的整个家族的故事全部写下来了，就写在大16开的练习本上……

这样的练习本，她写了12本。这是多么宝贵的回忆和文学素材！

我很欣赏她们一家人的气质，是那种有古风的家庭，诗书传家，自带柔光，面目清朗，不咋咋呼呼，不作天作地，不群不党。不喧嚣，不低沉，不媚俗，不怨怼。

无繁言，无响笑，就那么面目清朗地踏踏实实地活在天地间，那是人应该有的最美好的样子。

（胡成瑶：武汉大学文学硕士。生于武陵山余脉，求学于江城武汉。已出版《最美最感伤的相遇》和《今夜，不喜欢人类，我只喜欢你》）

目　录

岁月忽已晚

思君令人老

岁月忽已晚

不可辜负

又到了岁末。每年这时节，都要写点什么，如果不写点什么，好像这一年就白白度过了。可写些什么呢？又觉下笔万难。

读过什么书，去过什么地方，新交到什么样的朋友，吃到什么样的美食，做过什么有趣的或有意义的事，抑或留有什么遗憾。等等，不一而足。

时光如一杯温开水。每日若干杯，一天就过去了，一个月就过去了，一年就过去了。实在乏善可陈。

可是总有什么留下了吧。值得书写，值得回味，值得怀念，值得回首。

年初清明时节，我和母亲回到安陆给外祖父外祖母上坟。他们故去多年。我的母亲已经 75 岁，但不管清明这天刮风还是下雨，都风雨无阻。她以这个传统的祭奠方式来深切怀念她的父母。

对于外祖父我没有任何印象，他在我一岁多时就故去了。我的外婆是个干净素雅酷爱读书的老人。知书达理的外婆活到了 106 岁。

我曾在 16 年前，她老人家 105 岁时，写过一篇《百岁外婆》的小文，表达我对她的喜爱和敬意。她的音容笑貌在她离去 15 年之后还刻在我的脑海中。

在外婆的几个子女中，我母亲最年幼，她出嫁前一直都在外祖父外祖母身前，深得父母的喜爱，自然与父母亲的感情最深厚。

在外婆众多的子子孙孙中，亲她爱她老人家的不在少数。我们都曾受过她老人家的照顾庇护。长大后的我们纷纷以各自的方式回报着她。

有一个方式是相同的，那就是敬爱自己的父母，天下没有谁能比自己的父母更深切更无私地爱着自己了。这点，我深有感触。

可他们都衰老了。生命力在无力地慢慢消退。

在时间面前，我们都无能为力。

我的表哥，这么多年，没有出过门，因为他的父母需要他的照顾。我的六舅舅患有老年痴呆，谁曾知五十多年前，他是风华正茂响应党的号召去竹溪山区的华中师范大学的数学高才生；我的六舅妈，那个总是轻言细语的美丽女子，患有多年的类风湿，半瘫痪。

若你不知情到表哥家去做客，你不会想到在你面前的这对古稀老人业已重病多年。因为他们面容白皙干净，衣着整洁。看到我们的来访，会欢喜。

我的表哥，已年近五十。居小城的弱势群体。但他没有把生活的不如意酿成悲剧，社会新闻。他守着他的父母，他的妻儿，甘心过着在他人眼里"造业"的生活。

我一直都很敬重这位表哥。他用多年的本分坚守粉碎了"久病床前无孝子"的古话。

他是我亲眼见过的确实存在的好人，孝子。

我的姨妈，这位今年89岁的老太太。我自幼承蒙她爱护。

姨妈四十年前工作和生活过的乡镇卫生院，在幼小的我眼中就是天堂。自姨妈离开那里后，邹岗，变成了一个亲切又回不去的地方。

四十年，足以让一个我记忆里的难忘的有自己特色的乡镇变成现今众多的没有特色的高楼林立的新城镇。

那里早已没有了故人，没有了温度，已不是我的邹岗。

我也不是那个四十年前站在台阶上，翘首眺望院墙外的马路，期盼马路上出现那个微胖矮小的熟悉身影的小女孩。

在岁月的河流里，我早已时移人变。变了容颜，变了情怀，变了初心。变得我自己都不喜欢自己了。多么可悲。

年末的一场病痛终于将每天劳作的姨妈击倒了。我和母亲闻之，心里又忧又喜。

忧的是姨妈的子女也都是六十岁的老人了，谁能有精力长期守候在床畔。喜的是姨妈终于可以躺下来好好休息了，这下，这个固执的老太太可不能再忙着做饭、打扫卫生了。

她老人家躺在床上，脑子可没有歇着，回忆了诸多往事。尤其是忆起了六十多年前，自己芳华正好，初嫁回门时，正下大雪，外祖父吟的两句诗：

一朝不见爹娘面，踏雪春寒看一回。

母亲感叹：你姨妈记性真是好啊！爹爹做的诗竟然还记得。

母亲在今年终于完成了她的《往事札记》，共计 12 本。这是母亲趁自己还有记忆时做的一件非常有纪念意义的事情！

"再不记下，好多事情都已经快忘记了。"

记录，是还原事情的真相。但记忆有时也会出错。所以，要在还没有出错时，还没有淡忘或遗忘时，如实记录。

母亲常问我："你看了没有？"

羞愧啊，《往事札记》的前三本一直搁置在我办公桌上。我翻看了前两页就放下了。不是写得不好，读不下去，而是我总觉得时间还有很多，不急。我急着把时间给予了手机、微信——着实辜负了时光和母亲的期待。

我辜负时光已久，我辜负的何止时光呢。

不是别的，是爱

不过六点，天已黑透。

母亲坐在车后座上，默默抹眼泪。

我们刚刚从孩子的学校离开。下午，母亲随我们一起送孩子回学校，她一直想看看孩子学习和生活的地方。一路上，母亲留意经过的地名牌，"原来，快到鄂州了。"

我去过几次，也没搞清东西南北，母亲76岁了，却一次就知道了地理位置。

在宿舍楼下，许是母亲相随着，孩子竟然让我们去寝室坐一坐。这可是天大的恩惠啊，要知道之前，我们每次过来，孩子只让送到校门口。

"你明知道今天要送虎子，怎么穿了这件衣服？"我开始责怪母亲。

母亲穿着一件我二十年前曾经穿过的深咖色有丝绒质感的外套。我那时喜欢黑色，因为年轻。可那件外套出乎我现在的审美，不仅是它的颜色深暗，而且又长又肥。我都不知道，当年的自己是如何穿出门的。

"你总说没机会出门，今天有机会，还是穿着旧衣服，你把新衣服留着干吗？"

母亲节省惯了。我们买的新衣服都留着舍不得穿，总穿着上世纪的衣服。我数落多年，还是我行我素。

"下次穿新衣服。"母亲有点不好意思。

"你还想下次啊，来回三四个小时，你受得了吗？虎子也不会让你有下次的。"

在楼道里，孩子看到了宿管员，打招呼："阿姨，我回来了啊。"

同寝室的三个孩子去了襄阳当群众演员拍电影还没有回来。房间地上凌乱地丢着一个空矿泉水瓶子，一只袜子。母亲动手要清理，孩子拦住了，"我来收拾，你们快回去吧，天要黑了。"

"好，好，我们走，你有时间还是要帮忙做下卫生，住着也舒服些。"我叮嘱。

一出宿舍楼，母亲的眼泪就要往下落，宿管阿姨正端着饭碗站在楼门口，看到我们出来，说："看了下，就放心了。"

"是的，麻烦你了。"母亲红着眼睛。

"放心，孩子们都蛮乖。"

上了高速，又在下雨。母亲掏出手绢，偷偷擦着眼泪。

"你没有看到虎子刚才看我们离去时的表情吗？"

我当然看到了。

这时，我可不能陪着母亲一起流泪，那只会让她的泪水更多，我只有让母亲独自把这刻的眼泪流完。

我有多久没有流泪了？

之前，我的一颗牙齿断了。我从医院出来，坐在公交车上，嘴巴的右边麻木着。可我的眼泪没有麻住，它一个劲儿地往下掉，不是因为疼痛。好好的牙齿，就那么断了，剩下的部分要拔掉，要重新种颗牙。我感觉到我身体里重要的一部分失去了，而且是永远地失去了。我有多么舍不得就有多么无奈。

周围没有人认识我，我就坐在公交车后排默默流泪，以致坐过了站。当我走回单位时，我的泪已止住，谁也看不出来之前的我情绪低落，心情糟糕。

有时，我们不得不掩饰自己的情绪，这是种保护。

"我回去要跟你妹妹说，不能姑息孩子，什么事情都包办着。"母亲止住了眼泪。

"那不一样，她的是女儿，也小些。"我开解母亲。

一直以来，母亲最疼长女，连带着长女的孩子也最疼爱。我就是她的长女。哪怕，我已经四十多岁了，她还是最疼我最不放心我。

当年，读张洁的作品《世界上最疼我的那个人去了》，震动之余，也想到我的母亲，真的是世界上最疼我的人。

我也深深地害怕失去她。

可我在日常生活中，对母亲并不温柔亲切。我常责怪她旧衣物不舍得扔掉，以致新置的衣物只有放在床上占地方，床底下塞满了旧物，还有孩子们婴幼时期的物品玩具。我曾刻薄地说过，它们不是古董。

但母亲喜欢这些旧物占据着她的空间，每样，她都曾经付出过感情；每样，都是属于她的记忆。

而我是那么不懂事，板着脸指责她，数落她，抱怨她。趁她不在家时，偷偷扔掉厨房里的腌菜和剩菜。

母亲知道后，说我不知道珍惜。

昨天，我回家，母亲正在包饺子，父亲坐在沙发上打瞌睡，不知怎的，我很想流泪。

在过往的岁月里，我是个喜怒哀乐容易上脸的任性的人。只有最亲的人，一直在无限包容我。

岁月并不长，要爱。

春将暮

2013 年，大冰在他的第一部作品《他们最幸福》中这样写到赵雷：

我那时听他唱歌，惊为天人。

当年我对赵雷说："赵雷，你这么好的嗓子，这么好的创作能力，这辈子如果被埋没太可惜了——"

在我看来，他一个流浪歌手出身，经过了那么强的市场验证，他唱的歌让那么多在路上的人真心喜爱。

在大冰出版了四本专著，收获无数粉丝后，赵雷于 2017 年 2 月 6 日来到湖南卫视综艺节目《我是歌手》第三期现场，抱着吉他，以一曲浅浅淡淡的原创民谣《成都》，瞬间打动了电视机前的无数个你我，他的歌声如一股早春的清流注入我们的心扉。

这个早春的夜晚，我们记住了赵雷和《成都》。

这个早春的夜晚，赵雷红了。

成都这座城市我去年夏天曾有过短暂停留。还没有来得及到处走走看看，吃吃喝喝，就遗憾地离开了。我只来得及去宽窄巷子匆匆转了一下，感受了一下它的川流不息，拍下了几十张各种老房子的照片。

这些老宅子的大门前只有几处写着：私人住处，游客止步。更多的是已经拿来做了商业经营。我耐心等候游客走过那些大门，当门前空无一人时我拍下它们古朴寂寂的面目。

我喜欢它们在岁月面前安静美好的样子。

我对那些宅子背后的故事充满好奇。我喜欢有历史感的城市，有故事的事物和人。

有机会，我还要去成都，我要去玉林路走一走，喝酒吃火锅，看帅哥美女。

我上网搜了一下赵雷的歌曲，在一一听过后，我喜欢那首《少年锦时》。

……

我忧郁的白衬衫

青春口袋里面的第一支香烟

情窦初开的我

从不敢和你说

仅有辆进城的公车

还没有咖啡馆和奢侈品商店

晴朗蓝天下昂头的笑脸

……

尤喜那句：我忧郁的白衬衫。

寥寥几句，一个少年的情窦初开如电影画面在我眼前徐徐展开。

多么简单的爱，多么美好的爱，真的是少年的锦时。

每个少年都曾拥有过一件白衬衫，每个少年心里都曾住过一个好姑娘。

那时的少年眼和蓝天一样蔚蓝，那时的好姑娘肤如白云一样光洁。

只是当少年变成了发福的大叔，好姑娘变成了不忍直视的大婶。我们方惊觉如今逐渐难看或正在难看的我们是有多怀念

那个青春正好的穿着白衬衫和白裙的我们。

只是再也回不去了。岁月就是这么无情。在它面前，我们是多么无力。

这个时代仿佛什么都不缺，但每个个体或多或少缺失了重要的东西甚至自己。我们叩问，迷惑，伤感，反思，追寻。

我们喜欢民谣，喜欢赵雷们，是因为他们唱出了另外一个本真的我们，而这个我们是营营役役生活之外的我们。是有梦，有理想，有诗和远方的我们。

不管我们怎样忙碌，如何苟且，请现在开始抽时间和我们的爱人家人在所在的城市走走吧。这个季节绿树葱茏，花开正艳，路边小馆的香辣虾正肥美，时光正好。

天不老，情难绝，莫负春光。

当火星遇到金星

那是一个春天。1970 年的春天。她已 29 岁。他也 31 岁了。两个大龄男女经人介绍相识了。

她在小镇医院中药房工作。他是一名电力工人。她来自小城的地主家庭。他是从武汉三镇走来的市井小哥。

他一直记得初见面的她面带羞色，乌油油的一对麻花辫。而她只记得他脚上穿的一双尖头皮鞋。因为少见，所以瞩目。

第一次见面，他觉得她清丽温柔，稳重，可以交往。而她觉得自己已不小了，眼前的这个人，虽然文化水平不高，但政治可靠，可以接触。

就这样，他俩走进了彼此的生命。弹指间，已四十多个春秋了。

当他俩的孩子长大后知道他们的恋爱经历后，不约而同地说："现实！一点儿也不浪漫。"

还是有浪漫的吧。婚后的第一个冬天，她去了三线，在秦岭搬运伐倒的树木，当时她已有身孕却不知，结果流产了。他得知后，搭车蹭车，辗转几次，跑到秦岭，还带了一包红糖。他的到来，无疑是给她的最好的力量。还有那包红糖温暖了她的身心。

这个故事，她在孩子们面前说了无数次。因为，这是他俩婚姻生活中为数不多的看得见的爱，关怀，珍视。

岁月忽已晚

她是书香门第出身，自然是传统严谨的。他身上的市井气她都不喜欢。他好热闹，讲义气。她喜欢静，说话轻言细语，不好东家长李家短。

在 20 世纪 80 年代，人人学知识的年代。她所在的医院，开始评职称，她每天上班、做家务、学习，没有一点儿空闲。而他热爱本职工作，却不爱学习。下班后就和同事在一起，打扑克。

那时，大家都住在一个院子里，今天我家做了春卷的，端点儿你尝尝；明天他家新腌了雪里蕻的，给你家一瓶，看看味道怎么样。生活清贫，人情味却浓郁。打起扑克来，更是热火朝天。

在她眼中，这是恶习，她深恶痛绝。由此引发争吵。争来吵去，谁也说服不了谁。她心惊地发现彼此的差异太大，沟通交流也困难。

两个人还是有爱好一致的，那就是看电影。在他们孩子的记忆中，童年和父母去看电影是家庭日，其乐融融。印象最深刻的是一个雨夜，半梦中的孩子被父母拉起，去看夜场电影。两人穿着雨衣一手抱一个孩子，打着伞。

"累吗？"

"不累！"

真是浪漫，也是幸福。

在单位，他乐于助人，豪爽大方，年轻的、年长的同事都称他：陶拐子。他听了，呵呵笑。

她知道了，说："粗俗。"

她一生文雅。今年，孩子给她买了一件大红色的衬衣，喜滋滋地跑去给她，却被她数落："这是你妈穿的颜色吗？"

"姨妈都 86 岁了，还穿呢，挺好的呀。"

"不要，不要。"

在她的坚持下，孩子只好去退了。

他不一样。孩子给他买的衣服，或者是穿了几次的，给他穿，不论款式，他都喜欢。年轻时，他就是一个爱时髦的青年。曾有同事话当年，说："大冬天，他竟穿了一件绿色的衬衣，那个绿从未见过，很特别，下身是一喇叭裤。"

听到这里，他的孩子笑了，心里说：这就是老爸。

他俩都爱照相。在那些黑白老照片中，他俩是那样好看。那个年代的人都有一种不同于现在人的味道。照片中的他有骑着摩托车扮酷的，有穿飞行员夹克耍帅的，有在天安门广场前傻乐的。而她多半是和姐姐、侄女们合影，她总是在微笑。

在他们四十多年的婚姻生活中，曾有过一次危机。那是1984年，他曾经的同事去了宜昌，说宜昌不错，鼓动他也调去。

他动心了。她不同意。她年迈的母亲，她的大家族都在这里，她怎么能去那么远的地方呢？

争来吵去，竟然吵出离婚。

他们的孩子第一次没有吃到妈妈做的饭菜，一人买了一包饼干充饥，边吃边讨论爸爸妈妈离婚了，跟谁。

妈妈有文化，从没有冲她俩发过脾气，总是织新毛衣做新衣服她俩穿。老大一直记得，妈妈做的棉袄，棉花塞得太多，以致胳膊肘都难转过来。可真温暖啊。

调令都来了，可他终究放弃了，没有去异乡。

我和妹妹放心了。是的，他俩是我们的父母，我是长女。我出生时两天没有睁眼睛，母亲急得直哭，担心我是个瞎子。两天后，我睁开了双眼，看到了我梨花带雨、泪中有笑的母亲。

1991年，美国人约翰·格雷博士在美国加州磨坊谷写出了

岁月忽已晚

关于两性情感关系最著名的作品《男人来自火星，女人来自金星》。书中说：男人和女人说不同的语言，需要不同的养分。

我的父母在婚姻生活中曾试图改变对方，改造对方，想把对方塑造成自己心中的那个"他""她"，可四十多年的婚姻生活告诉他们：只有相互理解、尊重，接受对方的差异，婚姻才会长久幸福。

当时只道是寻常

十二年前，古典诗意的安徽女子安意如出版了她对清初第一词家纳兰性德所作《饮水词》中的 80 多首精品词作的感性解读的专著《当时只道是寻常》。

这也是安意如的诗词评赏"漫漫古典情"系列之一。

当年她太爱这句"当时只道是寻常"，所以拿来做了书名。

当年我也大爱这句，一直在心里，所以今日拿来做了文章的标题。

当年一读之下，我不得不惊叹于她的才情。要知道，那时的安意如才 22 岁啊。

对于有才情的人，我是心生仰慕、喜爱的。就如在春天，看到了赏心的满眼的绿、满眼的花，一颗心顿时欢喜地飞扬在春风里。

这些有才情的人没有辜负他们的才华和情怀，一直在安静地做自己，一直在安然地写自己。

我等在有生之年能够读之阅之，真是幸福的事。

当年我读到纳兰的这首《浣溪沙》时：

谁念西风独自凉？萧萧黄叶闭疏窗，沉思往事立残阳。

被酒莫惊春睡重，赌书消得泼茶香，当时只道是寻常。

我仿若看到了一长衫男子，立于秋日，黯然神伤的画面。

那个男子的深情，那个男子的不舍，那个男子的遗恨，那

个男子的伤怀，只需短短的 42 个字，就力透纸背，让三百多年后的我深深感受到了，并为那些成为历史的他们伤感不已。

相信很多人都被这首悼亡词感动，从而想到自己如今的生活有哪些是被忽视了的寻常。

手边一杯家人泡的绿茶；有阳光味道的洁净的衣服；一盘红绿相间的凉拌毛豆；一碗洒着几粒小葱的鸡蛋青菜酸辣面；永远亮着的一盏小橘灯……是这些吗？

还是你不开心时，他说的笑话；你难过时，一个无言的拥抱抚摸；你想去某个地方时，他说的"我送你去"……是这些吗？

当然远远不止这些，相信读到这篇文章的你心里一定有好多个这些或者那些。

这些美好的、寻常的，有些是我们正在拥有的，也有些是我们曾有拥有过现在却失去了的。

与纳兰同属一个朝代的还有一个生活在江南的布衣文人沈复。他 46 岁时写下自传体作品《浮生六记》。此书六卷，被诸多学者赞誉为"晚清小红楼梦"。足见此书之分量之内蕴之情深。

这是一部什么样的书呢？

只不过是一本记叙了沈复和妻子芸娘在苏州生活 23 年间的寻常事而已。

然而，这些闺中之乐、闲情之趣、坎坷之愁、浪游之快，真真切切，让芸娘成为"中国文学史上最可爱的女人"，而沈复则是中国历史上最深情的男人之一。

沈复在卷二《闲情记趣》中这样描述芸娘的生活艺术：

余爱小饮，不喜多菜。芸为置一梅花盒：用二寸白磁深碟六只，中置一只，外置五只，用灰漆就，其形如梅花，底盖均起凹棱，盖之上有柄如花蒂。置之案头，如一朵墨梅覆桌；启盖视之，如菜装于瓣中，一盒六色，二三知己可以随意取食，食完再添……夏月荷花初开时，晚含而晓放。芸用小纱囊撮茶叶少许，置花心，明早取出，烹天泉水泡之，香韵尤绝。

许是太过深情的人老天爷都妒恨，所以早早都离去了，最是人间留不住，朱颜辞镜花辞树啊。

痛失爱妻的沈复不禁写下：

奉劝世间夫妇，固不可彼此相仇，亦不可过于情笃。话云："恩爱夫妻不到头。"如余者，可作前车之鉴也。

读到此处，我陷入了沉思。此话，是沈公伤痛寂寥之余的无奈之语吧。

这真是件为难的事。在感情中，在婚姻中，薄情寡义固然令人不齿，不可取，不好。但情深不寿，慧极必伤。

所以，沈公奉劝我们不可过于情笃。他不想看到人间恩爱的夫妻到不了白头。他只想看到每对夫妻能寻常淡然安好地相守到白头。

因为，情深如他和芸娘，没能白头，这是他和芸娘之恨事啊。

可芸芸众生的我们，又有多少是结发为夫妻，恩爱两不疑呢？大多不过柴米夫妻罢了。

何必珍珠慰寂寥

随着国产电视连续剧《我的前半生》的播出，众多亦舒迷观看此剧是冲着师太（读者对亦舒的爱称）的原著去的，结果几集看下来，个个痛心疾首，有的书迷甚至要吐血。

因为这剧已被改编得面目全非。

且不说这剧了，我想说的是我的最爱。

现年71岁的师太，居加拿大温哥华，笔耕不辍，已出版作品303本。

师太的勤奋高产，实在是写作爱好者的镜子，也是书迷的福祉，因为我们可以一直有亦舒读。

在我心目中，出版于1982年的《我的前半生》绝对是师太经典小说前三甲。

三十多年前，亦舒就教导女人：人要脸，树要皮。一个女人失去她的丈夫，已经是最大的难堪与狼狈，不能再出洋相了。

那个在妹妹心中"十多年来享尽了福，五谷不分，不图上进的"子君；那个在好友唐晶口中"天天吃喝玩乐的医生太太"的子君；那个在丈夫涓生口中"今天晚上最美的女人便是你"的子君。这个穿开司米毛衫、戴珍珠耳环的33岁的有文化有品位和艺术底蕴的曾经的全职太太，忽然有一天遭受丈夫移情别恋，坚决要离婚之际，没有哭闹，没有拖延，没有刁难，保持一个好的姿态果断离开已经不爱自己的丈夫。在好友唐晶的帮助下，重入职场，并发掘出自己身上潜藏的陶艺天赋，独立自信，乐观向上，最终偶遇良人再结良缘，漂亮地完成了自己的前半生。

亦舒承认自己最钟爱鲁迅的小说《伤逝》，先生对亦舒的创作影响极深。这部《我的前半生》中，男女主人公设定为涓生和子君，就是在向先生致敬。

所以，子君和涓生都读过鲁迅的小说《伤逝》。

连子君的好友唐晶都读《伤逝》，还向子君推荐《骆驼祥子》《红楼梦》和《聊斋志异》。

此中，可见亦舒的阅读品味。

此中，也可见子君和唐晶不是无知妇人。她们受过良好的教育，有慧根，追求精神和经济的双重独立，在生活的万难面前从不放弃自我成长自我完善。她们是万千都市女性纷纷学习效仿的对象。

我自己可以说是读着亦舒小说成长起来的妇人，我的觉醒、我的意识、我的审美、我的趣味都受到亦舒或深或浅的影响。

我爱亦舒。我亦爱她笔下真性情的几百位女性。

亦舒写文用笔，总是寥寥数语，便入木三分。

离婚后重获新生重新站起来的子君是女儿心中"时髦，坚强，美丽，忍耐，宽恕，风趣"的女子。请问这样的女子谁不爱。

而唐晶亦是。她双眼中有三分倔强、三分嘲弄、三分美丽，还有一分挑逗。试问这样得女子谁不爱。

这样的女子不仅美，且美得有趣有灵魂。

所以，离婚三年后的子君，穿白衬衣牛仔裤球鞋，梳马尾像安儿姐姐的她，终于等来了意中人翟君。

而这个翟君，亦舒是这样描写的：

翟先生的气质是无懈可击的。

气度这样的东西无形无质，最最奇怪，但是一接触就能感染得到。翟先生一抬手一举足，其间的优雅矜持大方，就给我一种深刻的印象。

单凭外形，就能叫人产生仰慕之情，况且居移体，养移气，内涵相信也不会差吧。

而且翟君年方四十，从来没有结过婚。

在三十六岁生日这天，子君真的迎来了生命中的春天。

熟读中国古诗词的亦舒也会在她的小说中用到古人的词句。且看这段：

我拾起沙发上的一把扇子，扔到墙角。团扇，团扇，美人用来遮面。玉颜憔悴三年，谁复商量管弦。弦管，弦管，春草昭阳路断。

这首词出自唐代王建《宫中调笑·团扇》。师太信手拈来，妥帖应景。

还有"何必珍珠慰寂寥"。这句出自唐玄宗时期的梅妃江采苹所作的《一斛珠》，全句是："长门自是无梳洗，何必珍珠慰寂寥。"

还有"多情应笑我，早生华发"。这是大家都熟悉的宋代大文豪苏轼著名的《念奴娇·赤壁怀古》中的一句。这首词的最后一句是：人生如梦，一尊还酹江月。

还有苏子的这句我很爱呢："纵使相逢应不识，尘满面，鬓如霜。"这首《江城子》亦舒竟然也用到了，真不愧在香港文坛被誉为"三大奇迹之一"，与倪匡、金庸齐名啊。

即使在今天来读这部小说，我也认为这是一部好的都市女性情感小说。

夫妻情，朋友情，同事情，母女情，姐妹情，男女之情……亦舒都有很好的描述。

亦舒小说的独特性和魅力，就在她简洁的"亦式"语言中，点点滴滴，无不风格毕现，风骨凛然。

女人年过三十不可怕，女人失婚也不可怕，可怕的是没有了自我，这才是真正的可怕。

在我们漫长的一生中，我们有可能会是子君，也有可能是唐晶，谁知道命运之手会把我们推向何方呢？不管啦，先做好自己吧。

和少年郎在路上

去年七月，为了追寻少年郎心中的梦想，我和少年郎开始奔波于孝感和武昌这两座城之间。八个多月的时间，我们一同领略过沿途近乎四季的风光，两万多里的云和月、江和湖、人和物，都留在了记忆深处，丰厚了我单调的人生。

一

多年没有来武昌，出了武昌火车站，几乎找不着北。也不知道在哪儿坐公交车，又怕误了上课时间，我决定去坐出租车。一中年男子迎上来："坐出租吗？很快的，不用排队，二十元。"我一想，不算贵，关键是节约时间，便同意了。他带着我和少年郎在火车站地下通道绕来绕去，少年郎心生疑惑，悄声问我："老妈，我们不会受骗吧。""不会的，他有必要骗我们吗。"终于不再转圈，到了一出租车停靠点，他拦了辆出租，我们正要上车，男子一伸手："二十元。"原来他不是出租车司机啊，我这时才明白。

我关了车门，没想到他摇着头，对司机来了句："乡里人，冒（没）得法。"

我身着棉质长裙，明明一资深文艺女。这个操黄陂腔的男子，不就是说我傻，轻易就让他赚了二十元吗？

意难平！下车后，我目不斜视，一路向前，少年郎在身后追问：“老妈，你一个人在前面冲什么啊？”

"你老妈我在前面探路啊。"

二

最初有两门课的上课时间在下午一点，下课后正好可以赶上晚上五点一刻的一趟车回家。某天，在老师多上了七分钟后，我们还是提前八分钟赶到了武昌火车站。

我坐在座位上，舒了口气，望着车窗外右边的火车对少年郎说：这车今天怎么提前七分钟开车了，幸好我们已经上来了。

少年郎鄙视了我一眼说："老妈，是旁边的火车开车了。"

我赶紧望向左边，可不是嘛，左边站台上卖热干面的大妈还在原位置没有动呢。

三

在地铁通道，迎面走来一个黑色波浪长卷发、艳红嘴唇的全身漆黑却如芭比娃娃的妙龄非洲女郎。又美又艳又黑。视觉效果太过突兀，我情不自禁被惊艳到了，脚步不由得停顿了一下。

少年郎见了，在我耳边小声说："你莫像个傻子。"

"我没有表现出来啊。"

"还没有，我都看到你震了一下。"

原谅我见的世面少，没法淡定漠视啊。

四

今天的回程上演短跑比赛。由于下课时间晚了八分钟，又等了几分钟才拦到出租车，在路口拐弯处，还是遇到了担心的事——堵车。随着时间的流逝，我和少年郎的心情也越来越焦急，离火车开车时间只有十五分钟了。我当机立断，决定下车，

跑去火车站。我很庆幸今天没有穿高跟鞋，我拎起长裙的裙摆，和少年郎跑过路口拐角处，跑向地下通道。

少年郎问："老妈，你不要形象了？"

"管什么形象啊，只要能赶上火车。"

我们跑过路人甲、路人乙，跑进了武昌火车站，跑过快速通道，验票、查行李、检票，终于进站了。火车没有走，还停在那儿，喘着气呢。满头大汗的我们也喘着气呢。

五

在学校附近的馄饨店吃饭，两位 50 岁左右的中年妇女坐在我们身边，桌子太小，距离太近，她俩的对话句句入耳。

"真是搞不懂，那些拿低保的，一个月就几百块，还穿得清爽，吃四十元的饭，打小麻将，又没有看到他（她）们偷、抢，不晓得哪来的钱。"

"住在我旁边的女的，70 岁了，还每天穿这么高的高跟鞋。"她用手比画了一下，"我看了一眼，最少有五厘米。割了双眼皮，拉了皮，不能笑，一笑就扯住了。每天跳舞，穿短裙，背后看十七八，还有人拎包。她的儿子，四十七八了，还冒（没）结婚，她让他出克（出去）租房子结婚，那哪儿结得成呢？有这样的妈，找不到他么样过的（不知道他怎么过的），真是奇葩。"

等她俩吃完离开，我小声问少年郎："我要是这样，你怎么办？"

少年郎说："那没整（没法）。"

六

离校考已经进入倒计时了。没有钢琴童子功的少年郎在音乐这条求学路上走到现在，如果还是靠之前的小聪明是远远不够的，也是不对的。

如今，除了"刻苦"两字外还是"刻苦"。但对于天性懒散的少年郎来说，是个比较痛苦的事情，但除了刻苦别无二法。

音乐，来不得半点糊弄。

某天，老师在听完一首练习曲后，问："你想不想考上武汉音乐学院？"

少年郎用力点头："想！"

"这个练习曲不练好，你是考不上的，千万不要栽在这首曲子上，这个曲子很重要。"

"你每天练琴多长时间？"

少年郎低着头，那个"一"就在齿间打转。

坐在他身后的我对老师偷偷伸了个指头。

"那你每天要练五个小时，上午两个小时，下午两个小时，晚上一个小时，你前面那个女生每天练八个小时，你能做到吗？"

"我上午练不了两个小时。"

"为什么呢？"老师有点意外。

"我——睡懒觉。"

"那怎么能行，再不能睡懒觉了，万一上午考试，你状态都没有调整好。你妈妈不好说你，老师来说你。"

我恨不得马上拥抱老师。

自此后，少年郎再没有睡过懒觉。

我们的大半生，多半是在路上。我们奔波，或忙或慢；我们劳碌，或轻或重；我们悲喜，或浅或深。无论怎样，我们不得不前行，必须前行。

红了樱桃，绿了芭蕉，莫负芳华

我第一次读到严歌苓的小说是在 20 世纪 90 年代初，当时我在图书馆借了一本《一个女兵的悄悄话》。之所以对这本小说感兴趣是因为它的书名。

那时，大把的年轻姑娘还尚有文学情怀、军人情结。我也不例外。

那时，我有两大遗憾：一是没有读大学，二是没有当过兵。

一读之下，严歌苓的名字就再也没有忘记。

很欣慰，她也一直写作至今。

她是女性作家中少有的高颜值作家。貌美气质佳。

从小说《少女小渔》在 1995 年被张艾嘉拍成电影开始，她已经有五部小说被大导演看中搬上大银幕。这其中最有影响力的就是《少女小渔》和《天浴》。

今天，我去看了期待已久的根据严歌苓小说改编的最新电影《芳华》。

我个人觉得这是我看过的由严歌苓小说改编的最让我感动的电影。

之前的四部电影当然也好。只是，我今天的人生经历我的年龄让我看到这部描写 20 世纪 70 年代部队文工团团员的生活感触更深。

我早已经在严歌苓的小说中熟悉了她们，青春正好的她们，那些开放在文工团的花儿们。

电影一开始就是 1979 年上映的国产电影《小花》中的插曲——《绒花》。

熟悉的音乐旋律一下子就唤醒了我的记忆。

音乐结束，电影中的两个主人公刘峰和何小萍出现在部队大院的门口。

刘峰是文工团里有名的"活雷锋"，团里任何人有困难都可以找他，也可以任意支使他。

他乐呵呵地去吃煮破了的饺子皮，去街上追赶从部队大院跑出去的猪，修理破损的木地板，缝补军装，甚至在腰受伤后，还为即将结婚的战友打了一对红色的皮质沙发。

何小萍是个在农场改造的"右派"的女儿，因为舞蹈特长，招到了部队文工团。

在庄严的大门口，何小萍怀着对新生活的憧憬敬了个幼稚的并不标准的军礼。军礼结束后，电影片名《芳华》出现了。

属于何小萍和刘峰的芳华是美好的也是残酷的。

这美好是排练室里跳动着舞动着的她们。

那一刻，满银幕都是身着蓝色和橙色练功服的她们。

那一刻，满银幕都是她们青春的光芒。

那一刻，满银幕都是荷尔蒙散发出的美。

导演冯小刚在短短的几分钟里就声色夺人，抓住了我的心。

继之，随着美伴生的是残忍。

真正的残忍都是不动声色的。它在细枝末节里。

所以，身体爱出汗有馊味的何小萍受到了群体性的嘲笑、侮辱、孤立。

无论何小萍多么珍视她现有的身份，多么用功练舞，她都是不被待见被欺负的。

而刘峰，这个众人眼里心里的道德圣人，却在一个夏夜，紧紧抱住了上海籍女兵年轻美好的身躯，袒露了埋藏在心里的爱意。

刘峰不是雷锋吗？不是坚定的共产主义战士吗？不是道德圣人吗？他怎么可以?!

他被政治部带走，并被几个军官一遍遍质问和询问他拥抱猥亵女兵的细节。

他们才是在猥亵刘峰的感情。刘峰愤怒地喊出了：你们才是流氓。

对抗权力的结果就是被重新发配回连队。

刘峰离开文工团时，只有何小萍来送别他。

这时的何小萍，敬军礼的姿势已经娴熟标准有力，可她不再是那个以为来到部队就不会受到欺负的女孩了。

不久后，文工团去西藏演出慰问骑兵，心灰意冷的何小萍使用偷换体温计的小把戏拒绝上台演出的机会，而此前，她是多么想跳 A 角啊。她的反抗当然遭到了不动声色的惩罚。她被发配到野战医院。

在战场上和医院里，刘峰和何小萍面对的是血，是残肢，是死亡。

而且，刘峰把右臂永远地留在了战场上。他再也不能用有力的双手拥抱心爱的女孩了。

而何小萍在炮火来临时，扑在了伤员身上，无意中成了英雄，在突如其来的荣誉和注目下却不堪重负，精神出了问题。

其实，种种残忍不仅发生在他们身上。只是，电影中的种种残忍有那个时代的特殊背景、色彩，所以它格外触动我的心灵。

我自己的人生平淡无奇。但我这么多年来在无数文学作品和电影里感受体验到了无数人的诸般人生。我随着他们的故事他们的人生同悲喜，一起面对接受承受这美好又残酷的种种生活真相。

有的人不甘于这样生活，早早终结自己的生命；也有的人决不向生活低头，再苦也要活着。

当我懂得一切后，也更明白了善良这一特质有多么重要多么可贵。

就像影片中的刘峰和何小萍经过了来自周围战友带来的伤害后，战争炮火血的洗礼后，带着身体和心里的伤痛，生活在城市的底层，却仍不忘记做一个善良的人。

正如电影想告诉观众的："因为，一个始终不被善待的人，最能识别善良，也最珍惜善良。"

影片的最后，何小萍面对刘峰说出十几年前就想说的一句话：能抱抱我吗？

刘峰伸出左臂，拥住了她。

两个芳华不再的善良的人终于在一起了。

这时《绒花》的音乐再度响起。简直就是催泪弹啊。

不要问我为什么观影时几度落泪，因为我也芳华过。

愿一代又一代的芳华们人性里一定要有善良。

愿生活里无数个刘峰和何小萍被温柔以待，岁月静好。

岁月忽已晚

花开半夏

初春，我就盼望着夏的到来。因为，我和她们在美丽的六月有个约定。

因了这个约定，这上半年里我们抓紧时间各自努力。有人努力写作，有人努力练习瑜伽，有人努力工作，有人努力练习摄影技术。

种种努力，都是为了相见时，呈现各自的美好。

这一天，终于来了。我们来到宁静美丽的京山，见到了彼此。

我们这些文艺青年，在青山绿水间、蓝天白云下，开心地笑，开心地奔跑跳跃，开心地呼吸着新鲜空气。

草坪，荷塘，足球场，林荫小道，果树林，盆景园，菜地……处处有我们的身影，处处是欢笑。

我们面朝蓝天，微笑着。

我们面朝一池荷，微笑着。

我们面朝一树石榴，微笑着。

我们面朝镜头后面的你，微笑着。

你看着我们，捕捉着我们的神态，把美的瞬间定格。

在相见的日子里，你早晨为我们拍照，中午和晚上加班做单位的表格，你是最忙碌的那个人。

在回程的路上，我看着翠姐朋友圈发的我们的合影，你的车载音乐正好放着范玮琪唱的《那些花儿》。

你说：灰灰姐，这是你喜欢的。

我再也忍不住，泪水涟涟。

到了我这个年龄，对于女人间的友情倍加珍视。

在走入社会后的这二十多年，有的朋友走着走着就背道而驰，有的朋友走着走着就疏于联系消失了，这样的朋友，不是不遗憾的。

还有的朋友却在人生的中途意外地与我不期而遇，让我惊喜于有你真好。

遇到你们真是我的幸运。

想想岁月没有亏待我。是我一直在辜负。

认识"神仙姐姐"是先从她的微信朋友圈开始的。然后就是她的古诗词，她的散文。

朋友圈里照片中的她喜欢穿"花制作"的棉长裙，她尤爱红色，大红的、粉红的。因为她的名字里有"红梅"两个字。

冰心亲切地称她——梅仙。

去年京山初见，我惊讶于裹在宽袍大袖里的她如此清瘦。

她是清高的。游离于我们这群普通文青之外。

今再见伊人，我觉得穿着粉色长裙的她越发我见犹怜。

这次，神仙姐姐是作为老师的身份来的。在她讲课的两个小时里，没有人交头接耳，没有人外出休息，我们全神贯注，被她的讲授，被她这个人深深吸引了。

此时的神仙姐姐，不再是朋友圈中呈现的那个生活中只有美的诗词、美的花、美的人、美的景物的不食人间烟火的沉醉在琴棋书画中的孤独者。

当她讲到去年随中国电力作家协会的作家一起重走红军长征两万五千里路时遇到的那些常年工作在高原、在大漠的基层

工人时，他们的坚守、他们的朴实、他们的故事令她的眼泪一落再落。

我看着这个在讲台上几度哽咽感慨的真实生动有趣的神仙姐姐，她是那么认真，那么可爱。

我觉得要重新认识她。

痴爱古诗词的神仙姐姐写过关于王维、王昌龄、孟浩然、张若虚、陈子昂等诗人的散文作品。

之前我读唐代诗人王维的这首《竹里馆》，脑海会浮现出她的身影。

独坐幽篁里，弹琴复长啸。

深林人不知，明月来相照。

现在我更希望神仙姐姐能遇到一辈子的知音，一起坐看云起，抚琴轻唱，逍遥快意。

青山不改，绿水长流，我们后会有期。

见字如面，见诗知心

忽如一夜春风来。中央电视台的《中国诗词大会》一夜之间，在万千文艺青年心中涌发了柔情诗意。原来，在我们的文学史上，我们的老祖宗给我们留下了如此之美妙之深厚之广博的精神财富啊！

我等兴奋不已。重拾书架上的《唐诗宋词三百首》，相约每天背诵一首。

胡女首先发来一首南北朝的《西洲曲》。开篇四句就夺我耳目：

> 忆梅下西洲，折梅寄江北。
>
> 单衫杏子红，双鬓鸦雏色。

这情这景这人，跃然纸上，活灵活现。

古人的遣词造句我辈难及啊。我一边感叹一边默默抄写，恨不得自己已经满腹诗书。对月可吟：今人不见古时月，今月曾经照古人；对春风可吟：春风朝夕起，吹绿日日深；对长得好看的男子可吟：陌上人如玉，公子世无双；对美好的女子可吟：脉脉眼中波，盈盈花盛处。

念及此，不禁莞尔。若我在生活中这般对白，难免不会吓到旁人。

但一颗诗心必须拥有。有了诗心，对待万事万物自会不同，也会将平凡的生活过得不那么苟且，有自己的小情小趣小味道

小安然。

冰心就是这样的女子。她居咸宁通山，却长了一副偏西域的容貌。那眉可用"眉黛远山绿"形容，那眼可用"一泓秋水照人寒"比拟。且又长了一颗质兰心。

近日，冰心和老公、孩子开始了一项家庭活动。每晚八点默写背诵小学三年级到六年级的古诗两首。第二天晚上八点检查，默写错误的罚款。用她自己的话说就是：出钱买文化。

这钱出得太有意义了。不仅家庭氛围极好，而且使孩子主动爱上古诗词。

这项活动是冰心的孩子倡议的。冰心的孩子自信满满：我一定可以完胜你们。

冰心曾经发了一张生活作息表给我们，从这张表中可以看出她是个很自律的人。每天的生活很富足充实。这种富足跟物质无关。她每晚练习瑜伽、书法，背诵诗词。多年来坚持九点半睡觉。

这得多大的自制力啊。

面对这张时间表，我只能默默地自责，流泪。我的生活多么糟糕啊。我辜负了多少好时光啊。

在虚掷光阴中，我的人生已过半。今朝春花徐徐待开，我这个一事无成的自己再不能负春光了。

这世上总有些人，与我们不常相见，相隔甚远，却爱好相近，心意相通，彼此相惜。

我们是见字如面。

我们关注着彼此的文字，我们注视着彼此的灵魂。

才情满溢的胡女，善于发现美，捕捉美，诠释美。因了她的眼，我们重新认识了一个大美的武汉东湖，并深深爱上它变幻的四季。

勤奋的桂芬，笔耕于自己的公众号，她写作之余，爱好摄影，同冰心一样练习瑜伽，和孩子一起练习书法。她说：要瘦着来见我们，一起卧海棠下。

还有感性的慧荣，真朴的静心，率性的景丽。无一灵魂不散发着春天花瓣的香味。

她们是"只爱阶庭兰玉秀"的白玉兰，是"看了香梅看瑞香"的瑞香，是"杏子梢头香蕾破"的杏花，是"蕙兰风暖正暄妍"的蕙兰，是"偷来梨蕊三分白"的梨花。

这些女人，这些春花，构成了人间灼灼芳华的春天。

京山的那些花儿

京山县位于湖北省中部，素有"鄂中绿宝石"之美誉。我所在的城市离它大概有 110 公里。

2016 年 9 月初，我有幸来到这里，享受了五天的专属于京山的空气和美食，留下了只属于京山的记忆。

白天，我和众文青端坐教室，聆听老师的传道解惑。

这些老师或东北口音，或山西口音，或西安口音，或京片子，但都无一不带有他们浓厚的个人色彩和语言魅力。令文青们双目发光，折服不已。

我所住的那栋楼楼前不远处是大片大片的绿草坪，前方是蜿蜒的河流，更前方就是那隐隐可见的青山。

晚饭后，我和来自咸宁的晏姐会沿着院内的小径散步。晏姐比我年长几岁。她有篇关于美人的文章令我印象深刻。这使得我和她的相见毫无阻碍。

晏姐喜欢唤我：灰灰。每次听到她的"灰灰呀"，我的心头便一暖，或许是太久没有人如此柔软地待我，我好喜欢她这样喊我。

在岁月的河流里，我们慢慢遗失了本应属于女性的温柔，逐渐变得粗糙、冷硬，甚至冷血。

其实，温柔的女性才更具美感和安全感，且赋予人力量。

冰心则是另一类女性。她漂亮，眉目有深深的异域色彩，且风趣幽默，酷爱瑜伽，生活有规律。

已练习两年瑜伽的她身体紧致性感。

"你想不想年轻？"她问我。

我点头。

"你想不想有气质？"她又问我。

我又点头。

"你想不想生活有品质？"她再问我。

我再点头。

"那你就练习瑜伽哦，不许偷懒，我会督促你的。"她的巴掌脸写满认真。

回家后，我第一件事便是买了个瑜伽垫子。

静心爱穿布衣，当然女文青都喜布衣。但静心真的是人衣合一，质朴妥帖，让人暖心安心。

静心还爱笑，当她畅快地笑时，是无视无惧皱纹会爬上她的额头、眼角、唇边的。

静心还爱摄影，在她的镜头下，我们这些人可爱又有趣，她捕捉到的是被我们自己忽视了的一面。

我曾调侃出两句打油诗：老婆要娶脸大的，饿时可以当饼啃。

夏花便当仁不让地说自己脸最圆。

我闻言偷偷观察了一下32名女文青的脸庞，他们或美、或媚、或雅、或娇，还真是夏花脸最圆！

夏花终于拥有了一个第一。

脸大，可笑容甜啊，又擅搞怪，夏花自有魅力处。

我俩第一次相见，一见如故。我比她年长几岁，所以我在

她面前有时会有一点点姐姐式地端着，她让我扮演她导演的小品里的一个角色，我临阵成功脱逃易人。

在众文青的火眼金睛下，我压力大啊，怕给她丢丑。

京山的夜是静谧的，是她们的笑语，令京山的夜活色生香。

康乃馨再清丽，却不及你的笑容

我的母亲今年 77 岁。面容却不太像七十多岁的老太太，这是因为她老人家笑起来还隐隐有少女感。

她喜欢读书。从少女到如今，每天或多或少是要读书看报的，去年四月份，又成了我的粉丝。我帮她在手机里关注了我的公众号，并教她每篇如何点赞。

她喜欢吃剩菜。这么多年，这个恶习改不掉。我每次回去，首先是进厨房，一看厨台上有剩菜，管它是已经面目狰狞的红烧肉还是面目暧昧的红烧鱼，统统倒掉。她在一旁痛心疾首，恨不得去垃圾桶拾起来，我恨恨地说："你不是节约，你是浪费。新鲜的不吃，非要放几天再吃。"

那些荤菜都是妹妹下班回家后她做的，妹妹都返变电站了，她却还在热了又热，就是不吃掉。你说可气不可气。

她喜欢穿旧衣服。我和妹妹给她买的衣服不多，但也很少见她穿。她总是穿着几十年前或者几年前的旧衣服，我爱数落她，她总是说："我又不出门，在家要做饭做家务，穿这些舒服耐脏。"

我都成家 22 年了，可母亲的家的空间却越来越小，那是因为我们少女时的旧物、我们孩子幼时的旧物、母亲和父亲的旧物她全都舍不得扔掉，占据着她的生活空间。

每次回家，我就会找机会丢掉一些，还不能让她看见，看见了会说我不珍惜。

我曾经不明白她为什么要把一些好东西，比如妹妹给她买的腰果、开心果、松子、红枣等零食全收在柜子里，让它们过期长虫，自己也不吃。父亲生前曾偷偷向我抱怨："她都藏着，不让我吃。"后来我才明白母亲不是藏着，她是真的不爱吃零食，真的是放忘记了！

有次我趁她不在家的工夫，把她柜子里的那些过期几年的食物全扔掉了。两大包啊。

到今天，也没有见她提起这些食物。她是真不记得了，曾有这些食物，放在柜子里几年，被她老人家白白浪费了。

这个老太太在某些事情上固执了一生。

前几天，是已过世的父亲的百日。母亲又流了很多眼泪。一直陪伴着母亲的姨妈偷偷告诉我：别看他们以前吵架，你爸走了，她还是经常想他。

我知道如今的母亲就是个缺少安全感的孩子，记忆力也比以前差了很多，脾气也比以前急躁。

而我这个她最疼爱的长女，却喜欢跟她顶嘴，有时脾气上来了，不管不顾，非要争个一清二楚。我这脾气，这么多年来没少吃过亏。

我清楚地知道，这世上只有她无限包容我，全力厚爱我，无私待我，不跟我计较，所以我在她面前是任性的，是一而再、再而三地惹她伤心。

有次，我又跟她发生了争执，满心懊悔地回到家。一进门，儿子在家，他看到我的神情，问："你是不是又跟姥姥吵架了？"

我默不作声羞愧地低头换鞋。

"你说你像个大人吗？"

孩子，你的话令我反思，在你眼里，大人应该是什么样子？是不是应该具备中华民族的传统美德，比如尊老爱幼，比如谦逊有礼，比如诚实善良，比如自立自强，比如刚正不阿……

而我，你的母亲，首先就不尊老。

"那你跟她打个电话问候一下好不好？"

"这是你的事，你自己打。"话虽如此，但儿子过了一会儿还是给姥姥打去电话。

"姥姥的声音听上去怎么样？"

"她还好，说你太不懂事。"我确实这样啊。

父亲百日后，表姐来接母亲和姨妈去武昌住住。母亲说："我怕我不在家，晖晖把我的东西都丢了。"

我赶紧保证："你放心，我不会的。再说，你的那个锁，我也打不开。"

结婚二十多年，我从来没有想过要母亲家的钥匙，因为这么多年，无论我何时回到家，家里父母都在，总有人给我开门。

还是两年前，我有次来母亲家，母亲买菜去了，父亲躺在床上，我在门外敲门、拍门、踢门，打家里电话，父亲都没有起来也没有应声，事后，母亲给了我一把钥匙，我开过两次门，却怎么也打不开。

我知道，怕我乱丢东西只是其中的一个理由。母亲多年没有长时间离开过家，她总有一些不舍和不安吧。

看着她在厨房忙碌的身影，我情不自禁从身后按住了她的双肩，开始左按按，右按按。

她叹息一声："你呀！"

母亲是那么单薄清瘦，我不敢想象，如果没有了她，我该怎么办？

流金岁月里的美人

我记忆里的 20 世纪 80 年代是个全民爱电影的年代。在那个大银幕上，那些流光声影里，幼小的我对出现在银幕上的她们如数家珍，无论是小家碧玉般的，还是大家闺秀状的，甚至是工农兵类的，她们无一例外地美得家常，美得温暖，美得放心。

感谢有文艺情怀的母亲在工资微薄、信息稀缺的年代，还奢侈地订有《大众电影》《大众电视》以及《收获》和《小说月报》。这四种杂志让我不仅领略感知到女性的美，还让我知道了什么是思想、情操。

在摄影师的镜头下，陈冲、洪学敏、张瑜，她们的脸蛋都是饱满的，如多汁的苹果，而且有一种光从皮肤里穿透而出，那种光，我只在那个年代的女演员脸上看到过。

好像是我 12 岁那年，电影《欢颜》在大陆公映了。当时我家马路对面就是个电影院。我就是在那个电影院的银幕上看到胡慧中的。此前，林青霞的电影还没有在大陆的银幕上公映过。

所以，我先看到了在银幕上轻弹吟唱、笑容甜美、流光溢彩的胡慧中。她随着微风，轻摆着她的微卷发，酒窝深深，瞬间迷住了我。我张着嘴，双目直直，原来，美可以是这样子的。

时隔三十年，这部电影的剧情我是忘得一干二净了。唯有她的笑容一直定格在心里，忘不了。

忘不了的还有我出了电影院，在阳光下，看到自己穿着一件改制过的、洗得有些稀薄的棉衬衣，映衬出里面的一件旧背心。而身体的某部位正在悄然发生变化。在觉醒。我一下子明白了"害羞"的意思。我抱紧胸前，怀揣着扑通乱跳的一颗心一溜烟回家了。

之前的我是不知道害羞的，甚至还有些人来疯，喜欢把家里的枕巾顶在脑袋上，毛巾被裹在身上，蹦蹦跳跳。

但这以后，我是个话少、比较安静的女孩。

关于香港电影的录像片开始多了，我面前又一个五光十色的盒子打开了，那些美人扑面而来，令人目不暇接。

她们美得个性、风情，充满了神秘色彩。

那是个好时代。出美人。出各色美人。出有风骨的美人。令我们念念不忘，也不想忘。

在杨凡的电影《流金岁月》里，张曼玉和钟楚红着白裙白鞋，留着短发，又纯又俏，绽放着不同时期的美，不分伯仲。这部电影已与小说有了很大不同，但两位美女没有选错，就是我心目中的南孙和锁锁。

在香港电影里出现在同一部影片里不分伯仲的美女还有徐克的经典《青蛇》，那美艳摄魂的王祖贤，那妖媚入骨的张曼玉，当二美扭着腰摇曳多姿而行时，相信你我的心里从此有了这对活色生香的背影。

还有那部《天龙八部之天山童姥》，不负众望的林青霞和巩俐双艳如画，尤其是那段桃树旁白衣的青霞和红衣的巩俐轻抚琴相视而笑时，真的是"曾经惺惺相惜，以为一生总有一知

己，不争朝夕，不弃不离"。我都微醉了。

太多了。美女同在一画面的场景数不胜数。我们在赏心悦目的同时还看着她们在大银幕上一步步蜕变。有的成为美的代言词，有的成为美的经典，还有的成为美的传奇美的绝唱。同流金岁月一起载入史册，永远定格在我们心里。

路人甲

这个七月，我每周有两天奔波于孝感和武昌这两座城之间。每天上午 10：57 有趟从包头开往南昌的列车从我所在的城市经过，停留，开往前方我将要去的武昌城。

在这趟列车缓缓进站之前，它的前面有趟从乌鲁木齐开往汉口的列车经常晚点。有一回，我误把它当作我要乘坐的那一列，差点儿上错车，被认真查票的列车员及时发现了我的粗心。这趟车的晚点导致我乘坐的列车也经常晚点。

今天也不例外。当我满头大汗地进到车厢，找到座位时，坐在我对面的一中年男子见我过来，赶紧把桌子下面的一红色塑料桶轻轻挪到他那边。桶里装着个有些破损的灰色蛇皮袋。

车窗外是飞速闪过的南方常见的一种植物——夹竹桃，红红白白点缀着沿途的风景。天空是少见的明媚的蓝。

这时，我对面的男子低头在袋子里掏东西。他掏出了两包袋装的方便面，是我学生时代吃过的北京牌方便面。我注意到他躬着的后背。他身上穿的那件被我们称之为秋衣的蓝色长袖衣的后面有三四处破了，稀了，脱线了。他又掏出了一个黄色的搪瓷碗和一双一次性木筷。没有盖子，这面泡得开吗？

过了一会儿，中年男子回到座位，他手里拿着的碗筷已经干干净净，他把它们小心地放入袋中。

　　他抬起头，遇到我正在注视他的目光。我有些不好意思，笑了。这个笑容让我们开始了交流，让我知道了他的故事。

　　他之前在呼和浩特做木工，心思巧，手艺好，在建筑工地和老乡圈里赢得了好口碑。家里有两个孩子，小的是姑娘，喜欢读书，今年高考，被一所一本学校录取了。孩子高兴坏了，他也很欣慰。他初中毕业就离乡打工，三十年了，靠着这手艺他娶妻生子，侍奉双亲，供两个孩子读书，再苦，都挺过来了，"我不能让孩子像我一样没文化。"这次回乡，是身体出了状况，说到这里，他的神情有些黯然，有几分难过，但很快他就掩藏起来，笑着问我"你是老师吧"。我不是，我只是个普通职工。

　　其实当年，我有条件好好读书，却不喜欢读书，初中时看着数理化就头疼，以致到现在做梦也梦到自己在学校考试，旁边的同学见我状若白痴，好心给我抄，我也不会抄。这样的梦我做过多次。

　　亦舒曾经被演员姜大卫的风采迷住，由衷赞他：姿采当前绝后，一切都美极。而这个姜大卫有个同母异父的弟弟，年轻时曾与张曼玉谈恋爱。拍过《新不了情》之类的文艺片。最近上映的《我是路人甲》也出自他手。他就是香港导演尔冬升。这部电影讲述了一群年轻人在内地影视城横店怀揣着演员梦想和为之打拼的故事。

　　看他人的故事，可以反观自身。有的梦想或幸运或柳暗花明终成现实，有的梦想被时光无情地碾碎，还有的梦想仍在坚持。而这些在坚持的人是尊重了自己的内心，坚持了自己的选择。

　　不管是这个中年男子，还是我自己，还是这车厢里的其他人，都是生活中的路人甲。我们曾经怀揣着不同的梦想，走在不同的道路上，我们实现梦想的方式不同、心境不同，但殊途同归，我们将去往同一个地方。只是，沿途，有的人丢掉了梦想，遗忘了初心。有的人还在奔跑。

那些小幸福的一二

我喝雀巢袋装原味咖啡有十多年了。每天清晨，我沐浴着阳光，沿着行道树，走过熟悉的街道，来到办公室，做完卫生，打开电脑，然后冲泡上一杯咖啡，就是我一天幸福的开始。

这么多年，我喝咖啡的口味一直没有改变，想来，我是个内心固执的人，喜欢的事物或者人，不会轻易改变。

一杯咖啡、几块饼干或者一块小蛋糕就是我的早餐，我的胃就饱了心就安宁了。

下午三四点时分，我会再来一杯咖啡。若这时有点音乐就更完美了。咖啡和音乐慰藉了我，它们和我手中的书一起让我觉得窗外的树更绿，风更暖，花更美。

夜晚，若我要写点儿文字，我会纵容自己，让自己再来一杯咖啡。我拉上窗帘，把书桌擦干净，不允许有一点儿灰尘。我会把音箱的音量扭到适中，放着我喜欢的歌手唱的歌。

我在歌声中，在咖啡的香气中，敲下心灵之字。有时写得很顺畅，它们一个个争先恐后从我心里蹦出来，如欢快的小溪，急于奔向文字的海洋。

当我即将完成时，看着这一个个黑色的汉字，想着就是它们神奇地组合在一起丰厚滋润着我们的精神世界，真是一大乐事啊。

有时的有时，我无奈又痛苦，想表达，想述说，却找不到文字的入口。即使是喝上一小杯朋友寄来的自酿的葡萄酒也无济于事。

我看着空空的小玻璃杯，那么小巧，那么精致，我的嘴巴里还有葡萄的清香，却无法文思如酒涌。

于是，我关掉文档，打开爱奇艺，搜索我想看的电影。

在我喜欢的美剧《欲望都市》里，专栏作家凯莉是我喜欢的女性。首先她瘦，且一头金色长卷发；其次她会穿衣打扮，包括她的那些高跟鞋，尽管我不穿又高又细的高跟鞋，但无妨我喜欢精致美妙的它们，特别是穿在凯莉的脚上，女人味十足。她穿着它们特立独行、昂首走在曼哈顿的大街上甚至世界上任何美好的地方，一往无前；最后，也是更重要的是：她是一名自由的专栏作家！

这意味着她随时可以靠着或者趴着或者盘着双腿，穿着舒适的棉质休闲衣或者性感的睡衣，坐在窗前，躺在沙发上，卧在床上，写想写的字。

她咬着手指认真思考敲打键盘的样子迷人又性感。

我喜欢认真工作、独自自信、智慧美丽的女性。

美剧《欲望都市》从 1998 年开播至今，已经二十年了。

二十年啊！我是有资格说弹指间的。

1998 年的初春，我托侄儿在北京买了一批书。其中有辜鸿铭的《中国人的精神》，老鬼的《血与铁》。其他的书名我忘记了，可这两本我记忆犹新。

收到这批书时，我内心是富足的。

那时离我的预产期还有两天。我抓紧时间看完了老鬼的《血与铁》。

三天后的一个清晨，我经过了一夜的痛苦，做了母亲。躺在产床上的我看着怀中埋头吃奶的新生儿是幸福的。

这一年，美剧《欲望都市》第一季播出。当年，生活在四线城市的我是不知道这部剧的。我是在它播出了17年后才知道它，并一口气看完。这部长达94集的经典剧作，讲述了生活在美国曼哈顿的四个女性的友情爱情和生活时尚，它简直就是你我的人生导师，带领我们进入一个以往闻所未闻的世界。

前几日，在它播出20年之际，当我再看时，它依然那么精彩那么好看，永远经典永不过时。

我觉得每位女性都应该看看《欲望都市》。学会爱自己，学会正确打扮自己，学会做独立自信永远相信爱的女性。

当然，每位女性也必须读亦舒的大作。独立智慧的女性读后会更爱师太。她老人家一直写一直写，就是为了不厌其烦地告诉我们，独立自信有学识的女人最美最可爱。

我家不算大，老房子了，可有九盏有着温暖光源的台灯。它们分布在客厅和三个房间里。

无论我在哪里，我都随时可以在温暖的灯光下读书。

无论家人何时回来，客厅里总有一盏小橘色台灯亮着。

当我躺在床上，在灯下读书时，我觉得这是我一天中最舒服最幸福的事情。读书使我愉悦。

这么多年来，我零零散散也买了不少书籍。我阅读时，手必须是干净的，书签是必不可少的，如果要吃零食，必须放下书本，夹好书签，吃好了洗手后再拿起书。

有朋友读书时必在手机上的备忘录里速记读书笔记，也有朋友读书时必备上一支笔，边读边在书上写读后感，还有朋友读书时必拿上本子认真摘抄好句。

都是可取的。

我检讨了一下自己，也特地准备了一个厚笔记本，看到我喜欢的诗词也抄下来。

比如，有位作者曾在一篇文章里介绍过唐伯虎的几首诗。我觉得甚好，一定要记在本子上。

当然，我抄之后同时也就扔在了脑后。写到这里，我又去把这几首诗翻了出来，用手写的笔记最起码有这点好处：那些钢笔字有我们书写时的幸福感和欢喜感。

时值桃花花开正好，我就摘录这首《桃花庵》吧。

桃花坞里桃花庵，桃花庵下桃花仙。桃花仙人种桃树，又摘桃花换酒钱。

酒醒只在花前坐，酒醉还来花下眠。半醉半醒日复日，花落花开年复年。

但愿老死花酒间，不愿鞠躬车马前。车尘马足富者趣，酒盏花枝贫者缘。

若将富贵比贫贱，一在平地一在天。若将花酒比车马，他得驱驰我得闲。

别人笑我太疯癫，我笑他人看不穿。不见五陵豪杰墓，无花无酒锄作田。

当我今晚写下这些不知所云的小幸福时，我正听着大提琴和钢琴的合奏曲，无须多言，这也是小幸福的一二啊。

那一抹蓝

一场秋雨让我收起了夏天的短袖长裙。打开衣柜，扑面而来的是深深浅浅的蓝。

关于蓝色，古人早有诗云：春来江水绿如蓝。这种蓝美得醉人。

还有这句：冰清澹薄笼蓝水。美且有风韵。

我清理了一下，有十多条牛仔裤。一年四季，我除了长裙就是牛仔裤。有两条牛仔裤是十年前的，我还在穿，实在舍不得扔掉，是最本真的牛仔蓝，最简单的基础款，永不会过时。每年我都会拿出来，穿上几次。

我喜欢穿棉麻。妥帖又温暖。自在又舒心。随性又文艺。

这些棉麻衣裙中以袍子居多。在各色袍子中，我又最钟爱蓝色。

浅蓝、深蓝、灰蓝，无一不喜欢。

那条浅蓝的无袖长袍，深蓝的长袖旗袍，灰蓝的七分袖长裙，淡蓝的棉质短袄，陪伴着我从暮春到深冬，穿着它们，会情不自禁地感受到春暖花开，鸟语蝉鸣，秋水长天，漫天飞雪。

它们有温度，有心情，有故事。

几年前，一群爱好摄影的同事相约去荆门漳河采风，我也随行。

那天，我穿着浅蓝的无袖长袍，在绿竹林间，在漳河边，或立或坐，过足了一把模特瘾，拍了很多照片。

如今回头再看，时光不在。

还有镜头中的那个笑意盈盈的 39 岁的自己也藏在了照片背后，连同逝去了的青春珍藏在记忆里。

喜欢穿蓝色的女人内心是宁静的。

喜欢穿蓝色的女人内心是充盈的。

喜欢穿蓝色的女人内心是自信的。

喜欢穿蓝色的女人外表是舒服自然的。

喜欢穿蓝色的女人是不依附于男人的，她独立坚强乐观温柔善良。

喜欢穿蓝色的女人是忠于初心，忠于感情，忠于自己的。哪怕狠狠地受过伤，摔倒过，也仍然相信天很蓝，草正绿，茶正暖，你真好。

喜欢穿蓝色的女人感情饱满，情感真挚，爱憎分明。她是孩子，她是姐姐，她是母亲，她更是爱人。

喜欢穿蓝色的女人是向往田园生活的。"采菊东篱下，悠然见南山。"是她追求的诗意人生。

喜欢穿蓝色的女人是本真的，在微尘中永不放弃自我，有"行至水穷处，坐看云起时"的从容淡定。

如果你在生活中遇到了她，是多么好的一件事。

女人情事

我在这个城市生活了二十多年，从小到大，一路上总有几个女伴相随，有的过了这么多年，仍心存默契。有时想起，那感觉如同这夏夜的茉莉花香萦绕着我，让我心生感念。

云小我一岁，小时候她家住在三楼，我家住在一楼，多年来，我们彼此触摸着对方的生活。

读书时代，我们共同酷爱古龙和金庸。暑假里，一套5本的《绝代双娇》，我们用了两天的时间就看完了。看完后，写小纸条给对方，她称我为苏樱，我呢，就投之以李报之以桃，唤她为小鱼儿。满纸都是女孩儿青春期的呓语。喜读小说的结果是，两人都落下了近视，却不肯戴眼镜，认为有损女孩的美目和形象。

后来我喜欢上一个男孩。云知道我的心思后，鼓励我说：把你要说的话写在纸上，我负责交给他。

我固然矜持，但敌不过相思，咬了半天的笔帽，终于写下"××同学，在刻苦学习的同时一定要保重身体"这句傻话。

第二天，云一遍又一遍地向我描述如何千辛万苦地找到他，如何把信交给他，他又如何反应，等等。我一遍又一遍地追问她其中的细节：他长高了吗？他高不高兴？两个女孩在开满油菜花的田野中，分享着青春的青涩和美丽。尽管我和那个男孩后来没有发生故事。

弹指间，我们到了惜时的年龄。武侠小说早已不看了，学生时代的暗恋也随风而逝。一起在楼房平台顶上乘凉做梦，一起读情书，一起钓虾，一起炒鸡蛋饭吃的时光已一去不复返了。

　　局域网聊天室开通后，一时热闹非凡。我发现网上的女子与我们那时已有了很大的不同。她们坦率，无忌，自我。

　　一个叫红袖的网名吸引了我。我喜欢这个名字，红袖添香夜读书，我点击了她，她很快回应了我。我开始与她说话。一般投缘的人我不用"聊天"这个词，我用"说话"，用心说话。

　　每次，我只与她说话。相熟后，彼此发现有很多共通点，比如喜欢读方方的小说，喜欢周星驰的《大话西游》，喜欢喝咖啡，喜欢棉麻衣服，我迫切想知道她是谁。我隐隐觉得她是我早就相识的朋友，我们约好了见面的时间。

　　啊，红袖就是云，云就是红袖。

　　网络让两个女人在不可知的岁月中，又回到了少女时代。

亲爱的你呀

在我一岁左右，我被母亲送去了邹岗姨妈家，那是因为，我母亲又怀孕了。她一边要工作上夜班，一边要照顾幼小的我，腹中又有了新生命，实在无法，只好把我送到姨妈身边照看。

当年母亲在镇卫生院工作，每到夜晚，前面门诊的一排房子就寂静无人，药房就只有我和母亲。值班医生在后面的房子里。

有天夜晚，乡人送来一喝了农药的妇人，送来时人已经断气了。乡人得知妇人已死亡，便放下担架，纷纷离开了卫生院。

那晚，胆小的母亲一夜没有关房门。

"幸好有你陪着我，尽管你只有八九个月大，还什么都不知道，但我也要胆子大一点儿。"

母亲在事隔多年后回忆感叹道。

于是不管我愿不愿意、乐不乐意，我被母亲抱在怀中去了有姨妈在的邹岗卫生院。那是我生命里至今都难忘的地方。我关于乡土的记忆全与它有关。

小时候的我有点野，有点土，有点调皮。我三舅伯亲切地称我：傻大姐。小我一岁零九个月的妹妹则被他亲切地称为：小玲珑。

是的，当年我母亲腹中的新生命是个女孩子。我知道，望子心切的父母还是有些失望的。随后，计划生育开始了，他们不可能再有第三个孩子了，不可能有儿子了。

这是他们一辈子的遗憾。

其实遗憾最大的是我早已过世的奶奶。当年，她从武昌徐家棚来到孝感，匆匆看了一眼：又是个女伢啊。

借口喝不惯孝感的水，呼吸不惯孝感的空气，闻不得儿子的烟味，勉强住了两天，迈着小脚回去了。

我与她老人家短暂相见又别离。

幼小的我总是在别离相聚中。

当我到了 5 岁时，母亲调到了火车站附近的卫生院。那个卫生院部队大院的家属不少。在同事的帮助下，妹妹有幸去了部队的机关幼儿园。

我也到了快上学的年龄了，姨妈送我回到了孝感。

我却不想上学，不喜欢去学校。但我不能违背父母的意愿，只好不情愿地拖着板凳去了简易的教室。那时我所就读的小学还在建设中，班级暂时在柴油机厂的一所房子里上课，学生自带课桌板凳。

我从此开始了和小陶同学同居一室，睡一个被窝讲悄悄话的漫长生活。

年龄相近的我们做什么事都在一起。穿款式、花色一样的衣服，梳一样的发型，饮食口味也一样，谁让我俩在一个锅里吃了那么多年的饭呢。

当然，我脸大眼小，她脸小眼大。这是我们最大的区别。

当然，成人后，她爱吃榴莲，敬业工作。而我喜欢发朋友圈，乐于分享喜欢的或不喜欢的。这是我们最大的不同。

从小我就爱玩，不爱学习，喜看闲书，跟我同居一室的她无形中深受我害，一起在课本下放本小说，乘母亲疏忽时看上几页，以致聪明的她没有考上重点高中，只读了个中专。

但小陶同学工作后，可能是脱离了我的"污染"，爱学习的天性被激发了出来，不管在什么岗位都认真学习，好好工作。成了我母亲心中的正能量。

我们幼时所在的院子，一个家庭养育两三个孩子是很正常的。这些孩子常常成群结队下河摸鱼，西瓜地里偷瓜，看谁胆子大，敢从坟堆里穿过。我和小陶同学也混迹其中，趁机捉蜻蜓，抓蝴蝶，钓小青蛙，不亦乐乎，毫不手软。

一次，伙伴们发现了院门前一棵针叶状的树中间有一个大蜂窝，惊喜，兴奋，摩拳擦掌，我和小陶同学当然也跟随其后看热闹。

伙伴们有的拿着木棍捅，还有的奋力扔着小砖头，成功惊扰蜜蜂纷纷飞出，而这时的他们早就跑得不知去向，只有我傻乎乎还站在树前。

理所当然，我被四处乱飞的蜜蜂蜇了两下，才知道要往回跑。跑回家，才惊觉到疼。

那个疼啊，我无法忍受。更让我无法忍受的是：为什么是我被蜇到？而不是那个跟屁虫呢。

而跟屁虫小陶同学正在家里吃着父亲厂里发的水果冰棍，边吃边眨巴着黑黑的大眼睛看着我号啕大哭。

等我哭够了，小陶同学慷慨地把吃得只剩一点点的冰棍往我嘴巴里塞。我含着那清凉可口的水果味的冰块原谅了她。

有件事我却没有原谅年少的她。上初一时，我同学给我写了封信，我偷偷告诉了她，她却偷偷告诉了我母亲，我母亲去学校告诉了老师，老师便找到写信的同学，该同学于是开始了放学路上对我的围堵拦截追打。

当年瘦小的我，一到放学时间，便被班里高个子女生拉着开始短跑比赛，幸好学校离我家不远，跑进院子就安全了。

幸好这段日子并不长，要不然我怀疑自己会锻炼成短跑冠军。

年少的我们，好多事情不懂，好多感情不明白，成年后，再回首，已是脉脉此情谁诉。

如今我们已年过四十，上个月 13 日，我和小陶同学疯狂了一回，我们一起奔赴千里去江苏徐州看张学友演唱会。

那晚，徐州新奥体育馆空中不仅飘扬着春天的杨絮，还激荡着学友不负众望的动人歌声，我们和现场四万五千多名粉丝一起深情合唱《祝福》，眼眶湿润。

想起我们刚工作后不久，我和同学业余时间喜欢去 KTV 唱歌，小陶同学又成了跟屁虫。

那时，我们都爱着张学友的歌。

那时，我们都是长发飘飘，青春无敌。

如今，岁月忽已晚。

从儿时到少年到青年再到中年，我们一路陪伴着彼此。我们见证着对方从外到内的逐步改变，见证着时光。我们是至生至亲至死的姐妹。

人面桃花

四季中，我最爱的便是冬季了。爱它的凄清与冷艳，有一种令人心动的情怀。

一个有风的冬日，我到电厂去看望莹。被风吹冷的心看到莹就暖了。莹见到我是淡然的喜悦，这样就好、就亲切。过于的意外惊喜会令我们不自然，会觉得有几分矫情。

在电校，莹是个很特别的女孩。一头齐腰长发随意飘扬在操场、树林、小池塘和我的眼中。其实，莹最与众不同之处是她淡淡的冷傲。不是做作的，一种浑然天成的、令人不敢侵犯的气质，使我心仪不已。不同年级的我始终悄然注视着莹如闲云野鹤般出入校园。结识莹是因了一本《白朗宁十四行诗集》，随之便是两个女孩云淡风轻的友谊。

如今毕业三年多了，身处变电站的我是清闲得依旧如昔，爱书爱音乐爱憧憬爱感慨。而莹就要过执子之手、与子偕老的生活了。

莹已剪掉了长发，只有那双清眸依旧在流动，在诉说曾有过的情怀。情怀依旧如云如水，如烟如霞。

多么怀念从前的时光啊！时光的手就是这样毫不留情，让我们在不经意中任它悄然而逝。

"生活，其实是很俗气的。"莹淡淡地说。

我注视着她，略带一丝矛盾，犹疑地注视着她。

她突然指着窗户外对面一户人家阳台上盆栽白菊花说："多美！我和他就想种好多好多菊花，开满整个冬季。"

我望着人比黄花瘦的莹。心中有几分疼。

莹舍弃了眷恋的故土家人及优越的工作环境，只身来到他的身边，为的，便是那份真情。

对于莹的选择，我只能在心中默然祝福。希望莹不要被柴米油盐酱醋茶的生活销蚀得失去了自己和平凡生活中的乐趣。

我怜惜地握住了莹的手，说："现在我们近了，我会常来的。"

莹笑了，被炉火映红双颊的她竟似一朵桃花，蓦然绽放。

其实，桃花一词并不适合莹，可刹那间我就是想到了桃花。或许，春天不会太远了吧。

古人云：绿蚁新醅酒，红泥小火炉。此时，我手中握的是一盏清茶，可情怀一如古人。

而今已是桃花灿烂时节了，莹是最美的新娘。

人生过半

　　这一年，我四十有余，人生过半，青春不再。想我 35 岁时，觉得这是我最美的年华，如一轮橙黄的满月，如一丛火红的杜鹃，如一杯醇香的特级南山咖啡，到了极致。而进入四字头后，那月已迷离，那花已褪色，那咖啡已略凉。方明白，这时，女人内心的修为至为重要，我若想在以后的岁月中不难看，且优雅地老去，就一定要对自己的内心负责，呵护，关爱，不能怠慢。因为它比皮相更重要更持久。

　　这一年，大美人林青霞华丽丽地度过了 60 岁生日。着红裙的她美艳优雅得体，且有一份送给自己的最好的生日礼物：即将出版自己的第二本散文集《云去云来》。我等中年妇女，看到这一切，只有赞叹的份儿。美人能一路美到现在，真是不容易，活生生一内外兼修的榜样。息影后，她是那么用功，练书法，画画，写专栏，不懂的不会的向朋友们虚心请教。四年的时间内出版了两本书。真的是可以一直美下去，美到七十、八十——

　　这一年，因了许鞍华导演、李樯编剧的电影《黄金时代》上映，民国时期的女作家萧红方走到大众的视线内，被提起，被知晓，也被议论。之前，国内导演霍建起也拍过电影《萧红》，没有引起反响。我记得那部影片中扮演萧红的是演员小宋佳。而许导的这部《黄金时代》，却让每一个文艺青年津津乐道，众多博主妙笔写文纪念。我喜欢的两本刊物《三联生活周刊》《南方人物周刊》都出了关于萧红的专刊。萧红，这位与张爱玲齐名的民国四大才女，命运最为漂泊悲苦。好在，在这一年，萧红终于被世人瞩目。原本就不该被遗忘。

这一年，书柜里又新添了十多本亦舒的小说。今年，师太68岁。想当年，她和施南生都是明眸皓齿的妙龄女郎。她以施南生为原型的小说《流金岁月》被改编成电影，由钟楚红、张曼玉主演。那时的她俩，脸上有着婴儿肥，穿白裙白鞋，巧笑嫣然。师太笔下的穿白衬衣卡其裤的"亦女郎"已是经典，而钟楚红和张曼玉经过洗练、成长，也早已是美女中的经典，泛着岁月的流金。一个做摄影师，一个做歌手。人生就是这么精彩有味。

每年有师太的作品读，是我人生一乐事。

这一年，我参加了文学社，结交了二三文友。虽没有如魏晋时期的文艺青年"竹林七贤"般常聚于竹林之中，饮酒，抚琴，吟诗，放歌，下棋，品画，清谈，肆意酣畅。但也让我透过他们的文字，看到了他们的真性情。是我人生一大幸事。

云来云去，有人新生，有人离去，还有的至爱成陌路，白玫瑰成了衣服上粘的一粒饭。真的是年年岁岁花相似，岁岁年年人不同。

岁月忽已晚

人生若只如初见

从没有一篇文字是这般难以下笔，只因我太爱这句：人生若只如初见。短短七个字，却可以从中品出一世情怀。

太爱，所以怕辜负。

这七个字出自清代词人纳兰容若的《饮水词》中《木兰花令》的上阕：人生若只如初见，何事秋风悲画扇。等闲变却故人心，却道故人心易变。

说起纳兰容若，以前对其只略知一二，他是清康熙朝首辅之臣明珠之子，能文善武，是康熙御前一等侍卫。31岁那年抱病和友人在家中小聚后因寒症而逝。

熟知他是在2007年初，读到安意如的一部《当时只道是寻常》，专解他的《饮水词》。看后，心情久久不能平复。一为容若的才情，以及他伤情的一生；二为安意如的才情。

自此，一口气读完安意如的漫漫古典情怀系列，并推荐给身边的朋友。希望她们同我一样喜爱这个从小就浸润在古典诗词中的女子和她的文字。

同时也在网上搜索关于纳兰容若的传记。终于搜索到一部朴月老师作于1987年的《西风独自凉》。2007年在大陆首发。拿到后爱不释手。朴月老师说："写的不是历史，不是传记，而是情怀。"是啊，不是每个人都有情怀的，也不是每种情怀都值得抒写的。而容若，他的才，他的情，他的痴，他的痛，他的伤，他的至情至性，却值得喜爱他的容迷们一再书写。后来，八零后作家匣我思存写了《寂寞空庭春欲晚》，西岭雪写了《一闪灯花堕》。她们的故事都是以容若为主角，视角却不同。前者写的是生前，后者写的是身后。但，都断人肠。

容若若知他身后的三百多年后，他的词被很多人喜爱，并建了网站，再不是当年顾贞观感叹的："家家争唱饮水词，纳兰心事几人知？"懂他的人越来越多，爱他的人越来越多。若泉下有知，他的心是不是会温暖一些呢？

人生若只如初见。细思量，多少美好、伤情、遗恨在其中。

司马相如的《凤求凰》中：相如初见卓文君，使一把绿绮琴用高超的琴艺传情，他赞她高贵如凰，而文君也闻弦歌知其雅意，于是文君夜奔，当垆卖酒。

王实甫的《西厢记》中：张生初见崔莺莺，顿被惊艳到，魂灵儿飞在半天。

马致远的《汉宫秋》中：元帝初见王昭君，朝堂上的昭君明艳万方，令人不可逼视，元帝看得痴了，内心却是悔断肠，前来和亲的呼韩耶则喜不自禁。

汤显祖的《牡丹亭》中：柳梦梅初见杜丽娘的春容图，便陷入了铺天盖地无可救药的相思之中，以至于后来义无反顾地开棺救丽娘。

孔尚任的《桃花扇》中：春光正好，侯方诚在秦淮河边初见含苞待放的李香君正在学唱《牡丹亭》，一唱倾心，一唱定终身。

冯梦龙的《警世恒言》中：江南才子唐伯虎初见华府的丫鬟秋香，人群中秋香回眸一笑，在他眼中便是"一笑倾人城"。心里满满的都是秋香盛开的笑靥。所谓伊人，在水一方。于是唐寅放下身段，卖身华府为奴，只因了窈窕淑女，君子好逑。

从而成就了一段传奇。

更有那曹雪芹的《红楼梦》：

黛玉初见宝玉，心下想到："好生奇怪，倒像在哪见过一般，何等眼熟到如此！"而宝玉看清黛玉形容后，笑道："这个妹妹我曾见过的。"这，就是木石之盟，前世有缘。

有文提到乾隆读到《红楼梦》时，笑说："此乃明珠家事也。"

从古到今，从帝王将相到才子佳人、你我众生，太多的美丽邂逅一见钟情。

只是，人生不仅仅是初见。初见，只是美好的开始，君不见多少佳偶天成，却抵不过似水流年。如花美眷，却成怨偶。还有，更多的是当时只道是寻常。空遗恨。

如是观

距离 5 月 13 日江苏徐州张学友演唱会还有一周时间。

我庆幸自己已于 2016 年 11 月 29 日果断下手抢到了张学友徐州演唱会的门票。

因为有的人再不相见说不定就永无再见了。去见张学友就是其中之一。

因为有些事情再不去做就没有机会了。听张学友的演唱会就是其中之一。

因为有的人值得我去疯一回。张学友就是其中之一。

出生于 20 世纪 70 年代的我和 60 年代的他都在慢慢老去，趁他还在唱，趁我还有激情，这个初夏我将乘坐高铁去千里之外的陌生城市，只为去现场感受享受学友的倾情演唱。

在香港 20 世纪 90 年代一众歌手演员中，张学友外形不算俊俏，但他的情歌却唱得最好，在风光无限的"四大天王"中戏也演得最好，亦正亦邪。

那个年代，是独一无二，是无法复制。有太多的经典和传奇还有绝唱。

2015 年 4 月 30 日，张学友重现大银幕，在电影《赤道》中，学友扮演一个外表举止优雅、内心却暗藏杀机的物理学教授。

如今，经过了 34 年岁月的洗礼，这个 56 岁的老男孩越来越内敛有味道。如一坛陈年的黄酒，不知不觉就令我们微醺甚至醉了。

今天点开 QQ 音乐，重温学友的歌，页面出现的第一首歌是《观》，是学友和另外一香港歌坛传奇人物谭咏麟合作的。

以前没有听过，今仔细听来，深深吸引打动了我。这首歌由陈永镐作词，谭咏麟作曲，收录于谭咏麟专辑《欣赏》中，发行于 2017 年 4 月 20 日。

好歌。只有我这个年龄的人才会由衷喜欢这首歌，并懂这首歌，因为我们真的是：

看山看水看花看草

看事看人看尽所有

却看不清我自己

我听说这世界是无尽

三千大千浩瀚星云

我们只是一微尘

……

我也听说

一切皆唯心所做

世间所有如烟如梦

心里看懂就放下

看山是山看花是花

看事看人看清楚了

当下的心是最难得

……

这首歌唯有学友和谭咏麟才能表达，才能完美诠释出成熟成长后的我们阅尽人生百态后的云淡风轻，自由自在。

我们在这世间，观着众生万物。最常看到的就是身边人，我们的心情也大多随身边人起起伏伏，失失落落，悲悲切切，嗔嗔痴痴。

什么时候我们才能不跌跌撞撞，才能放下这些，静观人生。

桑葚已熟，夏已至

我不止一次在我的若干文章中提到过我的姨妈。这位今年91岁的已经没有门牙的老太太，精神矍铄，喜欢唠嗑家常，对于几十年前的往事还记忆犹新。

她坐在沙发上，双手交叠放在大腿上，身子端正，皮肤和头发一样白，她说着说着就开始仰起头，看向右上方，右手也开始挥动起来。在她眼前，仿佛回到了71年前她出嫁回门时的情景：那天大雪纷飞，她的父亲吟了两句诗。

这么多年过去了，她身边的许多至爱亲人都纷纷离开了她，先她而去，但这两句诗在她的脑海里却历久弥新，没有被生活的磨难抹杀遗忘。

她的夫，她的大儿子，她的大妹妹，她的大哥，都先后早早脱离了人世的苦海。

在此后的五十多年里，在每一个叶绿花开月圆时，姨妈是不是会想起他们，怀念他们？是不是还会感伤？

或许，他们留给她的只有依稀的身影和名字了。只上过几年私塾的姨妈是不会长久地伤春悲秋的，她只知道生活是往前走的，再难，也是要一步步走的，哪怕走不动了，歇歇，只要有口气在，终是可以挪动的。

我和表姐一左一右坐在她的身边，鼓动她念念外公的诗，姨妈放下右手，重新端正了身子，眼睛注视前方，一字一句

念出：

一朝不见爹娘面，踏雪春寒看一回。

71 年啊，让我不禁想到庄子在《知北游》里感叹的：人生天地间，若白驹过隙，忽然而已。

可不是嘛，我的人生不知不觉已经过去了四十多年，忽然而已啊。

我们好奇，生活节俭从不吃营养品和补品的姨妈为什么在 91 岁这个年龄了还精神好身体好记忆力好。

我们讨论是不是跟她老人家早年工作时吃了很多鸡蛋有关。

说到姨妈吃鸡蛋这个话题就长了，她老人家一说起四十多年前的工作往事就滔滔不绝。

退休前的姨妈是名妇产科医生。20 世纪 50 年代到 70 年代初，她在孝感县杨店区卫生院工作了 17 年。

当时杨店区有七个公社，到今天，姨妈仍然能够马上清楚地说出它们的名字：凤集，杨店，陈集，铲川，道店，魏河，高新。

这是因为，她在 17 年里，在六千两百多个日日夜夜里，她背着医药箱，跑遍了整个杨店区，用她的双手在有阳光的白昼或者昏暗的煤油灯下迎接了无数个情愿或者不情愿来到这个世界的婴儿。

人人都知道她，那个矮矮的、微胖的、白皙的区卫生院的"接生婆"。

17 年里，姨妈从没有出一起医疗事故，没有一个妇女或者婴儿在她的手中出事。

以至于急缺产科医生的另外一个区医院——邹岗卫生院的院长去县卫生局跟领导要求了三次要把姨妈调去，调令在杨店卫生院压了三次后，实在压不下去了，才让姨妈不要声张偷偷坐着拖拉机离开杨店，去了条件更加艰苦的邹岗。

离开生活了 17 年的杨店时，姨妈只有几床盖的和垫的棉絮加几件衣服，别无他物。

坐在拖拉机上面的姨妈看着离自己越来越远的熟悉的景物，渐渐泪模糊了双眼。作为一名医务工作者，她人生和工作中最美好丰厚的 17 年，无不与这个贫穷地方的一人一物、一花一草有关。

尤其是那些待姨妈实诚的庄稼人。

每次接生完，再穷的人家也要给姨妈打上一碗热乎乎的红糖鸡蛋。规矩不能是两个鸡蛋，所以每次姨妈最少也要吃上三个鸡蛋，生活富裕一点儿的人家会打上四个或者五个鸡蛋。

姨妈常常推辞吃不了这么多，但热情的庄稼人是非要看着姨妈吃完才肯放姨妈离开的。

有时，姨妈在去接生的路上路过庄稼地，那些在地里忙着农活的庄稼人看到了匆匆赶路的姨妈，会放下手中的锄头或者镰刀，把手伸进水田里或者塘里洗干净了，在衣服上擦几把，跑过来，拉起姨妈的手就不放开，热情邀请姨妈去家里喝口热水再赶路。

等姨妈喝完了水，便会塞给姨妈一块新打的糍粑或者一包新鲜花生。

还有的在塘里捉到了甲鱼专门杀了，煨在灶上，跑去卫生院，说："武医生，还记得你接生的伢吗？有这高了，快去看看吧，多亏了你呢。"

当姨妈随之而到时，农人一副神秘的表情把姨妈带到灶间。

"这时我闻到了一股异香。"姨妈情不自禁地吞了吞口水。只见农人一把揭开冒着热气和香气的锅盖，一碗喷香的甲鱼就出现在姨妈面前。

姨妈知道这是稀罕物，更知道庄稼人辛苦，坚决不吃。

"像打架一样，扯来扯去，我只好让他拿碗来分了一半，吃了两口，就赶紧跑了。"

姨妈咧着已经没有门牙的嘴回忆道。

"那你到底吃了多少个鸡蛋呢?"我关心这个问题。

"几万个吧。"

我按一天吃三个，一年有 200 天在吃鸡蛋，吃了 20 年算，得出 12000 个的保守估计。

姨妈的故事还有很多，可夜已深，我有些困了。这个初夏的夜晚啊，有点凉。

一年春事到荼蘼

我的外婆生前曾生育了九个子女。这位出生于清光绪二十一年（1895）间的读过几年私塾的缠了小脚的女子，历经百年，在人生的最后时光轻叹道：百年如一日，人生就是这样。

我的外婆最疼爱的两位女儿，就是我的姨妈和我的母亲。我的母亲是外婆最小的孩子。

中年得女的外婆，几分欢喜几分忧愁吧。

在我母亲 10 岁左右，我的外婆就因为长期劳累忧伤落泪伤了左眼，因为无钱医治，只能让眼睛一直疼一直疼，直至活活疼瞎了，左眼方才止痛。

此后外婆人生的几十年里，她只能用一只眼睛来看人看物看景看书，看着子女和子子孙孙们在这世间欢欢喜喜悲悲切切浮浮沉沉。

只是，她的左眼再也没有那么多的眼泪流出来了。无论悲还是喜。

但她老人家的心灵却是明亮的，胸怀是宽阔的。

所以，外婆能长寿到 106 岁。

而我的姨妈，她那没有门牙的笑容背后，同样隐藏着近百年的甘苦。

有的人吃过很多苦，流过很多泪，伤过很多次心，摔过很多次的跤，吃过很多次的亏，也曾无助过、绝望过、彷徨过，

但还是咬紧了牙，挺直了背，抬起了头，熬了过来。

但她们不提起，也不怨天，更不恨地。

既然命运就是这样，还不如顺其自然，就像那四季，花该谢时叶该落时，就谢吧落吧。

其实，又有哪片叶子哪朵花甘于只开一季甘于轻易地飘零呢。有的甚至刚开放，就被人类早早摘下枝头。

它们的遗恨又向谁诉说呢。

只有月亮知道吧。

我刚来到这个世界时，姨妈就守护在我的身边。一直以来，她在我的印象中就是个白白胖胖，脸上挂着慈善的笑容，喜欢唠嗑家常的老太太。

当她讲起过去的往事时，可以一个人绘声绘色讲述几个小时也不累。

那些故事我听过无数次，每次我都听得津津有味，傻傻地笑，哪怕是悲剧在她的讲述中也会变成喜剧。

姨妈 13 岁时就已身高 1.54 米，这在 20 世纪 40 年代，算得上女孩子中较高的个子了，少女时的姨妈以为自己会继续长，长得像隔壁陈家女儿那样窈窕多姿，走起路来如风扶柳。

谁知 13 岁后，个子没有噌噌向上生长，相反体形开始横向发展。姨妈只有怅然地看着陈家的女儿纤腰之楚楚兮于荼蘼丛中。平静地接受了自己不完美的外形。

其实，若姨妈真长了一副细腰，我倒会怀疑在她 1952 年考入孝感县卫训班后，在其后几十年的乡下产科医生的职业生涯和生活的困苦面前，未必能够承受得住扛得住。

在卫生院，姨妈半夜出诊去乡下农人家里接生是再平常不过的事。

一天半夜里，姨妈家的门被敲响，惊醒了蜷在桌子上打盹儿的大黄猫，它"喵呜"一声，飞快跳下木桌，隐入黑夜。

是一慌张的农人前来报信，湾里一位四十多岁的产妇孩子生下来了，可胎盘下不来。姨妈明白这个妇人情况危险，赶紧叫醒了住在前院里的陈医生，一起和前来报信的农人前往湾子里。

月亮温柔地挂在天际，星光灿烂，姨妈背着医药箱，打着手电筒，疾行在田埂上，两边是稻田，蛙声一片。

姨妈无心诗意感怀，她心中挂念着产妇的安危。

来到农人家，一进门，就把姨妈吓了一跳，堂屋里站着、坐着、蹲着的人都在哭泣，屋子的中间放着一口棺材。

姨妈凝神再仔细看去，只见一盏破碗，放点儿煤油，用根线点着，昏暗的光中，那产妇盖着一床看不清颜色的破棉被无力地睡在屋角的草席上。草席上一摊血迹。

姨妈要大家安静些，不要哭了，吩咐农人再去点盏煤油灯，她蹲在妇人身边一把脉，糟糕，脉很乱！她又用听诊器按在妇人的心脏，完了，心跳很微弱！

姨妈让陈医生也听听，他听后，说："人已经不行了，没得救了。"

姨妈让妇人的家人冲了碗红糖水，用木勺喂她，但喝不进去。

姨妈见此，说输点儿血试试。

在场的人见要输血，都不作声，姨妈说："我是 O 型血，抽我的吧。"

陈医生拦住姨妈说："不能抽你的血，她都死了。"

姨妈坚持，陈医生知道姨妈的性子，只好拿出输血的器械，输了 400 毫升给妇人。

输完血，那妇人仍然面无血色。

姨妈摸了一下她的脉，还是脉象不清。姨妈让陈医生再听听她的心脏。陈医生听了，摇摇头，说还是不行。

姨妈执了油灯，扒开妇人的眼睛，那是一双没有光的眼睛。

姨妈让她家人赶紧烧好小火炉子，偎在妇人身旁。

姨妈又用木勺喂她红糖水，这次总算进去了一点儿。

姨妈再次把脉，终于有了一点儿脉。

姨妈赶紧给自己和妇人消毒，戴上橡皮手套，把妇人的胎盘小心剥离了出来。那胎盘上长满了像豆芽样的藤状物。

姨妈又扒开妇人的眼睛，这次有了点儿光，有了生机，红糖水也能喝进去几勺了。姨妈让她家人再抱床被子来，冲鸡蛋花让妇人喝。

妇人终于缓过来了，眼睛可以睁开了。

这时，妇人的公爹、一位八十多的老人带着家人一下子齐刷刷跪在姨妈的面前，老人抽泣着说："你是救苦救难的观音菩萨啊，我八十多岁，应该归我死的啊，我都准备把我的棺材给她的啊。"

姨妈连忙搀扶起老人，那老人哭泣时流出的鼻涕都滴落在姨妈手背上了。

姨妈一边安慰老人，一边偷偷掏出手帕擦掉那鼻涕。

这时，姨妈听到了鸡叫声，一声又一声，此起彼伏。天亮了啊。

姨妈走出门外，这才发现屋外的窗前竟然有一丛荼蘼开得正艳。远处的地平线上一轮红日冉冉升起，已经有农人牵着大黑牛，扛着犁耙，缓缓走在田间小路上。

那大黑牛边走边吃着带着露水的青草，边甩着尾巴拉着牛粪。

空气中有青草香，有花的芳香，有大米煮熟了的饭香，还有红糖鸡蛋的甜香，姨妈用力呼吸了一下，这些人间至味真好闻啊！

姨妈方才惊觉自己饿得可以吃下两个馒头。

少年，别来无恙

新年第二天，我和几个初中同学相约见面小聚。同在这个城市，却是几年也难以遇到，也没有常联系。这次，是因了一位外地同学回孝感过年而聚。大家相谈甚欢，相互加了微信，有位热心的同学当即建了个初中同学群。

明年就是初中毕业三十周年。很多同学自毕业后一面也没有见过，孝感这座城市二三十年前还真不大，可大家如同水珠汇入到了城市的海洋，消失了。

如今，在众同学的你加我、我加他的情况下，便有了42个同学存在的微信群。

这是这个新年比较有意义的事情。

一别经年的老同学可以在群里发张近照让我们瞧瞧如今的朱颜，聊聊彼此的近况。大家都变了模样，有的男同学变化惊人，从一阵风便可吹走的清俊少年变成了敦厚肥实的大叔，需要对照着毕业照才能认出。

三十年的时光，是怎样悄然流走的啊。

三十年的时光，我们是怎样各自走过的啊。

而我当年暗恋的少年如今是两个男孩的父亲，在遥远的如春的广州安了家。

如果时光可以倒流，我一定不负时光，用心读书；如果时光可以倒流，我一定不负我心，认真地告诉少年：我是多么喜

欢你的眼睛，你的笑容。

当年的少年，喜欢穿白衬衣，深蓝军裤，背着绿色军用挎包，黑黑的头发，黑黑的眼睛，喜欢笑，喜欢金庸的武侠小说。

放学路上，我推着自行车，隔着街心公园的绿化带远远注视着人流中的他，与他同行，他像个小战士一样迈着步伐，昂首挺胸。直到他的身影走进部队大院，我才收回追寻的目光，骑车回家。

那年我 14 岁。

那时的时光很慢，空气新鲜，马路还没有拓宽，行道树还未栽上。

那时我的少年白衣蓝裤，是我心中最好看的男孩子。

我珍视与他有关的记忆，就是珍视我的少女时代。

那至纯至真的我们。那至真至纯的令我们念念不忘的 20 世纪 80 年代。

1988 年夏，我们初中毕业。

挥手告别，此去经年，沧海一笑。

在微信里，我看到了二十多年未见的他，如今安好。知道他在现世里岁月静好就够了。

我隔着手机屏注视如今的他，很快，我刷过去了。

没过两天，老友在微信里告诉我，有个小学同学要加我，要我加他。

这个小学同学是在一个高中同学的朋友圈里看到了晒的初中毕业照，认出了我和老友是他的小学同学。于是辗转找到我们。

今年是怀旧年吗？

还是我们到了怀旧的年龄，在经过世事多年后，珍惜故人，也珍惜眼前人。

同学们，别来无恙。

生活在左诗词在右

认识姚金雷已有十多年。那时的他白面凤眼，年近四十，正是男人的好年华。若是再穿上对襟长衫，戴一东坡巾，便是活脱脱一画中走来的宋代雅士。

记得是 2005 年，姚金雷听闻我要去丽江古城，托我带纳西古乐会长宣科的演奏 CD 和所著书籍。

当我置身于古城的那座青瓦白墙、五花台阶的前清民宅，同从四方慕名而来聆听古乐的游客一起沉浸在古稀老人们奏出的末世元音中时，我方觉出姚金雷有别于一般的男人。

那时我还不知道姚金雷爱诗，专攻古诗词。更不知道纳西古乐融入了唐宋元的词、曲牌音乐，如《水龙吟》《浪淘沙》《山坡羊》等，而这些在中原早已失传。

2013 年，听闻我认识的姚金雷出版了诗集。内心不是不意外的。一个理工科出身的男人，竟然比文科生坚持执着情感丰富。这绝非是"才情"二字能够解释的。

走近姚金雷，方明白那三百多首不同的格律诗、词牌，就是姚金雷人生的写意。

从小姚金雷就从父辈那里受到了古文、古诗词的熏陶。这一熏陶就是一生。20 世纪 80 年代初期，姚金雷私人收藏的有关诗词方面的书籍，就比现孝感图书馆的前身孝感地区图书馆的种类还多。所以，姚金雷是骄傲的。

恃才傲物的人一般俗物是入不了眼的。姚金雷也不例外。这在当今，当然是一致命的缺点。会无意中得罪了人，惹对方不高兴，不待人见。姚金雷也知晓自己的性情，也只能遗憾自知，内疚自负，对酒当歌。

我问姚金雷在众多的诗词大家中最爱哪位。姚金雷告诉我最爱苏东坡和辛弃疾。辛弃疾是豪气明慧的男人。年少时最爱他的那句：蓦然回首，那人却在灯火阑珊处。苏东坡是豁达超然的绝品男人，他的"明月几时有，把酒问青天"也是我心头爱。

不是诗仙李白也不是南唐李后主。想想姚金雷钟爱他们也是自然。男儿不仅要有情，更要有义，有担当。他们首先是真性情的真人，然后才是文豪。

古人的文学造诣是我辈无法超越的。他们的真也是当今难觅的。我们爱诗，不仅爱他们的诗作，更爱的是诗人的真，诗人的品，诗人的格！

姚金雷感情最自然最真挚的作品写于二十多岁时。其后，随着他作品技巧的日益成熟，诗中的情却没有以往真了。

人到中年，冷暖尝过，方知平淡相守才是爱的真谛。姚金雷闲时读书看报写诗篆刻，乐在其中。在他的影响下，妻子淑华也爱上吟诗写诗。虽然起步晚，但也琴瑟和谐。在姚金雷近年的诗作中有两首是写夫妻之情、闺房之乐的，也是他最满意的作品之一。

目前，姚金雷所在的诗协有年轻人加入。"这是传统文化的传承。"他认真地说。末了，也认真地建议我也加入写诗的行列。"因为你有基础，学起来不难。"

酒饮微醺，花看半开。诗与姚金雷的生活同行。

生命就像一面旗帜

二十年前，我是一名文学爱好者。喜欢阅读，喜欢思考，也喜欢写点儿小情小绪。那时我在《孝感日报》和《孝感晚报》发表过若干小文章。有一天，我留意到与我同版面的另一作者，他叫陈大超，当年他写的什么内容，我已经忘记了，只记得他的那篇文章颇合我意。再后来，陈大超成了孝感的名人，因为在 1998 年，他做了一件在当时惊世骇俗的事情：辞去市图书馆副馆长一职，回家专心写作，成为一名自由撰稿人。那年，他 40 岁。

这近二十年的光阴中，我很少写文，也没有给本地报社投过稿。我一直在阅读，我的目光陆续注视过、关注过不少作家，却唯独没有把目光投向本土。

是因为在我的潜意识里没有想过我所在的小城会出作家吗？我问自己。

时光很仁慈，也很残忍。一晃就到了 2015 年 2 月，文友吴国华让我帮他在网上买本书，书的作者是陈大超。陈大超出书了？而且出版了七本！

我惊觉到自己这么多年，一定错过了什么。

错过了什么？陈大超这 17 年来，虔心写作，先后在海内外报刊发表各类文学作品数千，出版作品集七部。令我惊令我嘉令我叹。

岁月忽已晚

最新的一部作品便是我手中的这本《人生必须有取舍》。想当年，陈大超舍去公职，舍去"铁饭碗"，舍去副科级职位，得到了今天写作的自由，生活的自由，灵魂的自由。显然，得比舍更难更珍贵。

我不禁感叹，自己这 17 年来，在最美的时光里又得到了什么，失去了什么。

陈大超是以写作为生命的人。如果说当初辞去公职专心写作是为了稻粱谋的话，那么今天的陈大超写作的本质和目的早已超越了获取稿费这一初心，更多的是为了让自己以写文章的方式爱憎分明地有尊严地活着、存在着。

而多少人终其一生只是活着。

陈大超是个内心足够强大、自信，也自傲的人。他当然可以这样。他一直懂得，一直坚守，一直内省，一直感恩，一直在身体力行。是真正的正能量，绝不是假冒伪劣。

我们都认同人类的良知和正义永远要排在第一位！尤其对于写作者来说。才华其次。

在 40 岁生日那天，陈大超庆幸自己在 20 年前就认识到，写作的过程实际上是一个人不断汲取人间精华和剔除心灵中各种杂质的过程。

今天的陈大超气质澄明质朴，生活安然恬静。他已在自由写作人的道路上长征了 17 年。文思依然如泉涌，每年有数十万字的写作进度。这不能不说是个奇迹。这奇迹的背后是他多年来坚持多读、多思、多悟、多问，对这个世界对生活永葆激情的结果。

陈大超在一首诗里这样写道：头上多了几根白发算什么，只要我守护的旗帜仍然鲜艳，仍然映着我的笑脸在猎猎作响。

如果生命像一面旗帜，属于陈大超的一定是饱满的，昂扬的，火红的。

今夜，当我擦干净书桌，冲上一杯咖啡，摊开写稿本，拉开架势时，儿子问我："妈妈，你又准备写什么?"我告诉他："儿子，妈妈准备写一位 17 年前辞去公职专心写作，已出版了 7 本书，一个叫陈大超的本土作家啊，他可是孝感的骄傲。"

写至此，用《湖北日报》高级记者朱学诗先生的一段话作为结束吧。朱先生说："我的记者生涯中，采访了数百上千人，至今难忘的难有十人，其中就有陈大超；钦佩的人，有七八人，其中就有陈大超；引为我的楷模者，仅有三两人，其中就有陈大超；值得向我的学生推荐，一代代传播下去的，就只陈大超。"

做人到这份儿上，是多少功名利禄也换不来的啊!

时光只解催人老

不知道为什么，我最近不能看到伤感的文字，听到伤感的歌曲，因为我看到这些、听到这些会流泪。

哪怕是读者在我文章下面的一段留言，也能轻易地勾起我的小伤感。是不是，我已经到了生命的脆弱期，我感到了生命的无常和无助。

就像我昨天晚上看到的韩寒的电影作品《乘风破浪》。

韩寒的小说作品，我只在多年前看过他的第一部长篇小说《三重门》，这也是他 18 岁的成名作。

相比韩寒的作家和赛车手身份，我更喜欢如今 35 岁作为导演的韩寒。经历过年少快速成名和外界质疑的韩寒，如今是仍有情怀，仍想保持初心的男人，因为在他的第二部电影《乘风破浪》里，他用倒叙"穿越"的手法向我们讲述了一个好看的发生在 1998 年的小镇故事。

那些画面，那些小人物，那些曾经发生在正太、小花身上或我们身边的故事，无法不令我会心一笑，继而动容，最后随着那个看着父母相携回眸一笑离去的徐太浪一起泪中带笑，笑中有泪。

我承认韩寒的这个故事好看。我也承认我更被电影中的那首插曲《别送我》打动了。

当我上网百度这首歌时，我才知道这首歌来自英文版《500

英里》，是一首发行于 1961 年的美国民谣。

这首歌在面世后的 56 年间，先后被多位不同国家的歌手演唱过。可见，它有多好听。

我用了一个下午的时间循环听它的不同版本。

无论是曲调轻快的还是忧伤空灵的都令我沉醉。

当我喜欢上一首歌时，那么那段时间我会反复听，我是如此钟情专一。

1998 年，我刚做母亲。我的生活里只有孩子。我的世界如此小。

1998 年，16 岁的韩寒是上海的一名初中生。他面对的世界很大。

1998 年，影片里小镇青年徐正太的世界里有他的录像厅，他的女友，他的好兄弟，他罩着的挚爱 KTV。他是我在 20 世纪 90 年代经常看到的出现在香港电影里的热血青年。

那时小城的我、上海的韩寒，还有小镇的正太们绝对不会想到 19 年后的今天，还有今天我们的样子，还是不是当初我们喜欢的自己。

如今，这世界早就淘汰了 BB 机、VCD、DVD、手提电话，还有日渐式微的纸媒体。

这世界早已不是木心老人笔下的：

记得早先少年时

大家诚诚恳恳

说一句是一句

清早上火车站

长街黑暗无行人

卖豆浆的小店冒着热气

从前的日色变得慢

岁月忽已晚

车马邮件都慢

一生只够爱一个人

从前的锁也好看

钥匙精美有样子

你锁了

人家就懂了

这世界已经是互联网、手机、微信、新媒体的天下。

徐正太们早就已经成为回忆，同那个独有的时代一起被追忆缅怀。

在世界变化如此迅猛的路上，在我们个人成长的路上，我们丢掉失去的何其多，包括我们曾坚守的，曾自以为傲的。

但我相信不管世间如何沧桑，固守初心该有多重要。

只有这样，我们才能坦然面对生活，面对时间，面对无法预知的未来。

我想这也是韩寒拍这部影片的用意。

我想这也是无数个你我好好生活的原动力吧。

时还读我书

　　每周五晚上，一定是要端坐在书桌旁的，要不然，我会觉得灵魂无处安放。

　　打开电脑，点开喜欢的歌曲循环播放，是必须的。

　　如果再能写点儿字，那么这个夜晚我就会觉得没有白白度过，我会安然又愉悦。

　　这一切从何开始的，也不过今年下半年吧。或许已晚，但我开始了。

　　朋友说：假如你一周写两千字，写二十年，想想吧。

　　我不敢想。

　　首先，我不能如他所期的，每周能写出两千字，我每月能写四千字就不错了。

　　其次，首先就做不到，何来其次的二十年。

　　但我目前能做到的是，每周五晚坐在书桌前，听听歌，读书，或者写点儿字给自己。

　　今年我照例买了不少书，但多半没有读，它们分别搁置在书桌上、床头柜上和书柜里。

　　它们静静散发着墨香，等着我洗干净了手去翻阅。我却只读完了其中的小部分。

　　前几日，我去了趟图书馆。手中的两本小说，我借阅了半年之久，我可能是把书中的每个字、每个标点符号都啃透了才

岁月忽已晚

089

肯归还。

前几年，我和朋友两个人的图书证一次可以借阅四本书。那时的我们看书速度很快，轮换着读，馆里架上的言情小说差不多都快被我们读完。

想想那时阅读的激情、速度，不得不让如今的我汗颜。

人一过四十，好像生活节奏都慢了下来，连读书的速度都慢了下来。可我身边的两位朋友的读书经历让我认识到自己只不过是为自己找了个开脱的理由而已。

身边有这样的朋友是幸运的。他（她）如同一面镜子，时刻在提醒自己的不足或者自己明明可以做到却因为懒散没有做到的事情。

因为他（她），我那些桌上的、柜中的珍贵的书籍，没有蒙尘，没有遗忘，被我小心翻开，一字一句，一行一段，带着温度，带着情感，在我的目光中，在我的心里被抚摸，被流连，被铭刻。

好书如同亲密爱人。那种读后的体验快感，相信你我都曾有过，甚至我会咬牙切齿：怎么能写得这么好？怎么能?!

因为我写不出来啊。所以，我只能一边读，一边捶胸长叹。

比如，我正在读的这本小说《御龙氏》。这是作者写的一本感怀祖先的书。故事发生在非常遥远的夏代，夏为三代之首，隐没在历史长河中。文中的对话全部采用文言文来书写。

初读时，我比较费力。一是因为文言文，二是有很多生僻字、不认识的字，需要边读边查字典。但慢慢地，读进去了，我会感叹这个作者不简单，写这部小说，首先得有先天的写小说的天赋，其次他精通古代史、文学史，人文知识丰富深厚，要知道作者是经济学硕士专业出身啊，而且他只用了 120 天就完成了创作。

作者说自己的这部作品是本语文教材。所言非虚。

期待作者的《孔子》能够出版。

就像当年横空出世的当年明月，写出了七本与明史有关的《明朝那些事》。法律专业的他竟然把明朝历史写得很好看很有趣，开创了历史的新写法：用心灵来写历史。

我当年可是爱不释手啊。自己珍藏了一套，还买了两套送给朋友，并极力推荐给身边喜欢读书的朋友。

类似让我捶胸长叹的作家、大师不少。我乐于捶胸长叹，我们的心灵，我们的人生，我们的灵魂需要他们。不是吗？

书　情

　　是在一本《女报·时尚》的杂志上读到介绍虹影的文章。之前，我对她一无所知。文章介绍虹影的长篇自传体小说《饥饿的女儿》将被改编拍成电影，让姜文、王志文、刘德华三位不同气质的男人分别扮演书中生父、养父、历史老师的角色。读到这里，我心动了，这是怎样的一部小说？

　　跑遍城中的书店，都没有这本书。后来托朋友帮我在武汉找到了一本。高兴不已。

　　一位清秀女子在封面上冷静、从容地凝视着我。就这一眼，我就喜欢上了她。

　　这本书我没像以往读小说一样一口气看完，而是用了近一星期的时间。现在对于一本书，我喜欢慢慢地看，细细地品，再不像青春年少时那么急。

　　当读到小说中六六成年后回到久别的家乡得知生父已死亡的消息时，我无声地流下了眼泪。呵，是书让我流泪啊，不再只是爱情。

　　小说中"女儿"对母亲的爱，对生父、养父、历史老师三个男人的爱，对贫穷、饥饿、爱情、性、亲情真实而深刻的描述，对那个年代的关注无法让人能平静而不动容。那原始的文字、朴素的语言构成虹影独特的魅力。

　　到了我这个年龄，已经很难被某事物而感动，然而我却会为了一本好书落泪，比如这本书。

遇到好书的我犹如饥渴的路人，遇到甘露会毫不犹豫地饮下。在路上的我们一路走来会遇到很多书籍，很多杂志，很多报纸，我们不禁眼花缭乱。常有人问我：除了经典名著，你怎么知道这本书好呢？

我会留意报刊啊。在一些报纸上常有介绍点评新书的文章，这些书大都有可读之处，看个人所需罢了。

我遇到感兴趣的书会随手取过纸笔记下，然后就到书店去找，如没有，就让书店老板照单去进。现在的个体书店老板颇具专业精神，服务态度也好，不时向我推荐一些畅销书。一本20元左右的小说与一本同样价格的时尚杂志，如果只能让我选择一种，那么我会选择前者。尽管我也爱时尚喜欢享受生活。但只想看不想买，这就是区别所在。

书看多了，也想写写文章。但自己有几斤几两还是很清楚的，知道自己缺少的是什么。读到好的文章会为作者击掌叫好，如同自己的作品一样喜欢。对同龄且又在一个省份的女作家，我心仪的有两位，她们是叶倾城与麦琪。她们年轻又勤奋，还能写出更好的作品，我希望同她们的作品一直到老。惟楚有才，我深信不疑。

我们需要好书，需要让泪水滋润我们逐渐干涸枯竭的心灵，需要文字敲打叩醒我们逐渐麻木冷酷的心。

书之碎语

书，对于好书爱书之人而言，是至宝。

书是我们忠实的朋友。你看或不看，它就在那里，不离不弃。当你翻开它，领略它，沉浸在它的世界中，它就会滋润你的身心，陪你喜，陪你悲，陪你笑对多变人生，看云卷云舒，赏庭前落花。

书是我们忠诚的伴侣。你恋或不恋，它就在那里，不离不弃。当你善待它，珍爱它，它就会抚慰你的身心，陪你痴，陪你癫，陪你笑看冷暖人生，看孤星残月，嗅寒梅独香。

有书饮水饱。

书读得多的人，面目一定不可憎。正所谓：温润如玉，谦谦君子。好生令我心慕。作为女人，年轻时，可以花为容，而人到中年，最好的装饰品，不是名牌衣饰或佩戴的珠宝，而是"腹有诗书气自华"的由内向外散发出来的光华气质，它才是你我最天然的有益无害的养心又养颜的最佳保养品。用文化知识来充盈内心、丰富内心、强大内心，这比任何外在的附属品来得真实美丽持久。

有书香的家，一定是温暖的。童年给我记忆最深的就是母亲每晚卧在床头读书的情景。母亲爱看《小说月报》《大众电影》，这一幕，深深影响了我。长大后的我也沿袭了这个好习惯，最爱夜静时，在橘色灯光下，手捧一本书，窗外月半弯，树木散发出清香。这一刻，岁月安好。

　　记得 1991 年，我领到了上班后的第一个月工资，雀跃地跑到新华书店买了一套心仪已久的路遥所著的《平凡的世界》，用去了 23.95 元。这套书当年被我 93 岁的外婆捧在手上，贴近面庞，一字一句地读完。因为那时她老人家，一只眼睛已经失明，看书有些吃力，但她老人家爱看书，只要我买回家的书，她都读，包括琼瑶的小说。看着书柜里一排排熟悉的书名，就让我回想起那个爱读书的年代。那时的我是发如墨、眼如星的文学青年。那一年，台湾作家三毛自杀了。她给喜爱她的书迷们留下了说时依旧的绝唱。如今，回头再读三毛的文字，那是属于青葱岁月的文字，每个年轻过的女子，都曾向往过三毛式的浪漫，心底都曾有过橄榄树，梦里也曾花落知多少。

　　流年似水。书，早已成为我生活中不可缺少的部分。它如同我手中的咖啡、窗前的兰竹、柜中的棉麻，妥帖温暖，养眼润心。

　　书是我最好的闺密。它如同拥有一颗赤子之心的好友，陪伴我从为赋新词强说愁的少女时代，直至今日的半随流水半随尘的淡定中年，也必将陪伴我从容走过今后的岁月，慢慢地、优雅地老去。老到八十岁，也是一位被叶芝爱慕的美丽老太太。

　　人生就是一部百科全书，你我只是其中的一个章节。只不过有的令人掩卷长叹，有的令人弃之一旁。莫要等到人生过半，才惊觉辜负了好时光，空留诸多遗恨。岁月无声却有痕。你读过什么书，看过什么风景，走过什么地方，爱过什么人，都会在你身上留下烙印。这些烙印会决定你我成为什么样的人。

　　成为什么样的人呢？百人有百样的答案。年少时尤爱魏晋男儿嵇康。成年后，方明白此等人物当今已绝迹，更多的是面目可憎之流。可悲可叹。

　　若我老了，我会在躺椅上手捧一本书，发呆，沉思，打盹，回忆，微笑。那时的你呢？

天堂里的他们

外婆故去时 106 岁。她老人家的高寿，通达至今让她的后人念念不忘。

外婆育有七个子女。最小的孩子便是我的母亲，最大的孩子是我的大伯。他在我还没有来到这个世界时，就故去了。我听几个表姐说大伯当年一身白西装，风姿出众，是小城的美男子。可是，却早早离世了。

今年，大伯的儿子回乡，71 岁的他身材颀长，依稀有父亲当年的风采。大表哥年轻时因为父亲的关系颇吃了些苦，但那些苦早就云淡风轻了，有的甚至变成了生命里的福祉。

在大表哥的记忆里，父亲是个白面书生型的人，对三个子女亲厚，无愧于家国，这就够了。

我发现外婆的七个子女性情各异，但皮肤全随了外婆，白皙。后人也大多皮肤白皙。

二伯故去时已 91 岁。他和他的六个子女及后人一直生活在小城。他们的身上深深烙下了故乡的点点滴滴。听他们说乡音，是件有趣的事。因为生活的粗俗和智慧，民间的俚语就在她们生动的方言中。

我的表姐们如故乡那一蓬蓬的白花菜，是充满烟火的，生机勃勃的。

二伯在世时是个喜欢吟古诗作古诗的老者。戴一金丝眼镜，留一撮山羊胡，有着好看的白头发。之所以好看，是因为全都一丝不苟向两边梳着。

年轻时二伯喜欢摄影。我母亲还保存着他不少的作品，那些黑白照片在我眼里无比珍贵，我看着照片里的她们，就看到了过去的时光。我尤其喜欢母亲少女时期和表姐在院子花架下的一张合影，两个人如身后的玫瑰，娇艳蓬勃，她们是新社会的主人，未来无限美好。

二伯18岁时娶了16岁的没有读过多少书的二伯妈。今年，二伯的大女儿还在念叨父亲在世时对母亲不是很好，因为他心里一直有另外一个女人。那是二伯的同学，读过书的大家闺秀。我母亲赶紧跟大表姐解释这段过往，"只是同过学，欣赏而已。而且，你父亲走时，喊的是你母亲的小名啊。"

大表姐点头，"这倒是，我们都听见了。"

可不是嘛，患难与共七十载的是有爱也有争执的妻，至于曾经出现过的她或者他，都是一份没有得到过的执念而已。

母亲记忆力其实也在减退。但她在家把自己出生到现在的还记得的、经历过的整个家族的故事全部写下来了，就写在大16开的练习本上。我曾经瞅了几眼，觉得字迹过于潦草而作罢，没有好好看下去。但我是一定要好好看完的，现在还不急。

外婆在世时，每年春节，母亲便会把我和妹妹带回小城拜年。儿孙们都聚在二伯家，最高峰时曾回来了84个后人。

幼时读过私塾的外婆，不仅识得几个字，酷爱读小说，还会打麻将。几个表姐、表姐夫就在堂屋里摆上八仙桌，扶了外婆，便开战了。我拿了一本从表哥房里的红木柜里翻出的武侠小说，坐在旁边的靠凳上看得津津有味。外婆输了一盘，表姐们嚷着老太太不用开钱，但老太太说："我有钱，我有钱。"然后，郑重地从棉袄的内襟口袋里掏出个绣花手绢，里面包着一

毛、两毛、五毛，也有块票，最大额是十元。这可是外婆一辈子的家当啊。

表姐们怎么会收外婆的钱呢，大家笑闹一番，只是为了老太太高兴。外婆也不强求，打两圈，便说累了，要歇了。让给早就坐在身旁候着的表哥。

若说外婆读书，那可真叫"读"，一本书拿在眼睛前方，一个字一个字地念出声，一本厚厚的小说就这样被她念念有词地读完。

当年我看琼瑶阿姨的《彩霞满天》，外婆也跟着看，看完了，向我感慨：终于还是在一起了。

外婆生命最后的几年，几乎没有读书了。她多半是静静地坐着。和我母亲聊天也少，那时母亲很忙，忙着照顾我的小孩。那时的母亲想着老的小的都在身边呢。她就是没有想到最亲爱的老母亲还是会走到生命的尽头。

一场感冒让106岁的外婆卧床不起。她老人家百年最后的时光是在安陆的鲜鱼巷度过的。她的身边，两个女儿一直陪伴着她。

母亲一定偷偷流了很多眼泪。

外婆故去这么多年，无论刮风下雨，母亲都风雨无阻地回乡到外婆坟前烧香烧纸磕头。这是她对逝者的思念。

微尘众

父亲因肺部感染，急性呼吸衰竭住进了医院。那一刻，他离死亡如此近；那一刻，我的心从未有过地焦急慌乱。我怕那一天的到来，我害怕他离开我。好在，晚上八点多钟，他的意识清醒了，高烧也退了。他缓回了一口气，我和妈妈也暂时放心了。

同病房的病友都是七八十岁的老头。年纪最大的一位正月十六就住进来了，靠呼吸机和营养液维持着生命。他的护工二十四小时守候在床前。他的一儿一女轮流送饭，一口一口地喂他。他好像已经没有力气说话了，更无力下床，终日躺着昏睡。他的老伴每次颤颤巍巍地来，就坐在他的床前，目不转睛地看着他，一直到离开。她即便有心唠嗑，他也是无力应答了。

我看着她，她看着他，他合着目。此时的她或许就是将来的我吧。若我白发满头，步履蹒跚时，我定会觉得此刻的相守才是真实温暖的，曾经的你侬我侬，曾经的爱恨痴嗔，都比不上此时的不舍。

父亲的邻床是个七十多岁的干瘦老头。他脸上深深浅浅的道道皱纹刻着岁月的沧桑，藏着人生的苦难。他是肺癌。他可以走动，却说不出话来，只能用手势和老伴、医护人员交流。

一日，他的老伴到走廊上转悠去了。也不过几分钟的时间，他就向我打手势，要我去看看她。长长的走廊，有躺在加床上

的病人，有陪伴在侧的家人，有擦身而过的探望者，也有脚步匆匆的护士，唯独没有看见他的老伴。

面对他有点无助的神情，我宽慰道：你莫担心，她可能下楼转悠去了。

过了一会儿，他的老伴出现了，原来她去隔壁病房看电视了。他一看见她，脸上的皱纹更深了，像迷路的小孩见到了妈妈。那种喜悦，让我心酸。

归根到底，每个男人都是孩子。我们是他们的妻子，同时也是他们的母亲。面对孩子犯错，我们当然会斥责，会宽容，会原谅，却不会轻易放手。

他坐在床上用小刀削荸荠，每吃一口，便要歇几口气，他的喉咙里像住着个魔鬼。这个魔鬼令他呼吸困难，吞咽困难，说话困难，生命也困难。

母亲告诉我这夫妻俩是菜农，劳作了一辈子，过两天就要出院了，说是没必要治疗了。闻言，我回头去看他，他正睁着双眼，看着天花板，间或一声叹息。

他出院那日，三个儿子齐齐现身，个个高大身板。他们的父亲却是那么瘦小、衰老，生命在倒计时。他道别时，眼中有泪，却分明忍住了，打了几个转，最终没有落下。

他走后，清床的小护士告诉我，他已经做了一次化疗，出院回家了，却不知为什么喝了农药，又送来了。

我和母亲明白了他说不出话来不是癌细胞作祟，而是农药烧灼造成的，那个魔鬼比癌细胞还可怕。

我喜欢《金刚经》说的：微尘众。我们都是这六道中如沙粒的众生。

我们来来去去，在这世上哭哭笑笑，悲悲喜喜，得得失失。经历新生，经历爱情，经历别离，经历重逢，无一不痛苦。

伪装者

火车刚开出几分钟，我所在的车厢进来一位乘务员模样的年轻女子，她盘着简洁的发髻，化着淡妆，戴着耳麦，她一开口，就吸引了包括我在内的多数旅客。

"各位旅客，昨天晚上本次列车发生了一起女学生被窃事件。这个女学生可能太累了，就打了个盹儿，结果放在身边的包包就被小偷偷走了。包里有 500 元现金，银行卡，身份证，学生证。领导今天就派我来跟各位旅客把这件事情说一下，提醒一下各位旅客，看好自己的包包，小偷的动作很专业很快的。接下来，我来演示一下。我专门学了的，我的动作也很专业也很快的。"

她取过身旁一乘客的女士包，挂在车厢壁的衣帽钩上，然后问我们小偷会什么时候下手。

一乘客回答下车时。

"恭喜你答对了。"然后她就轻轻取下包接着说，"小偷就是这样偷包的。周围的旅客以为这包是小偷的，不会去过问。所以小偷得逞了，赶紧下车了。好了，领导交代的事情我完成了，我祝各位旅客旅途平安快乐，合家欢乐！掌声呢？"

在稀稀拉拉的掌声里，她动脚了。我刚寻思，这领导还真人性啊！一抬眼，又看到她回来了。

"我还有一件最重要的事情没有告诉大家，今天是本次列

车安全运行十周年。为了纪念这个日子，领导让我带了一些小礼物送给大家。"

她取出一个小塑料袋，里面装着几个塑料材质的小玩件，她发给几个举着手的旅客。拿到的人像幼儿园领到糖果的小朋友一样开心。

她不知道又从哪里摸出一叠装银行卡的小袋，发给几个需要的旅客。

接着她变魔术般地拿出一串绿色珠链，说："这是价值 98 元的玉质项链，我说了半天，口也渴了，有没有旅客愿意出 10 元钱买两罐王老吉给我喝，如果有，这项链就送你了。"

马上，她手上就有了几十元，当她走到我前面询问时，一位穿花针织衫的五十多岁的妇人，操着带家乡话的普通话问她："你先把它给我，我再给钱你好不好？"她没有理会妇人。

转了一圈后，她说："好，谢谢朋友们，还有的人不相信我。"

马上那妇人说："美女，我相信你呀，我一直在举手啊！"

"好，这项链就送给你们了。"掌声、雀跃声热烈响起。拿到项链的旅客喜气洋洋。那位妇人没有领到，也不失望。这时，女乘务员拿出一串黑色的手珠说："这是价值 168 元的貔貅手珠，来自青海，貔貅求子求财化姻缘。真正有诚心有诚意想把它请回家的朋友请举起手来。"

这次，有二十多人举起了手。那位妇人说："我是第一个举起来的，我最有诚意。"更有一个年轻女孩热情地挤到她身边说："姐姐，请快点发，我要下车了。"

"那我怎么知道谁是真正有诚心有诚意的呢？想把它请回家是需要香火钱的。"

举着的手，瞬时放下了一半。妇人仍举着。

"经过小小的考验，只有十个人了。这说明什么呢？说明浪里淘沙，沙里淘金。好，那边的朋友声音大，我从那边发，是送的不是买，请把手举高举足。"

举着的手又多了几只。

"我口才是不是很好啊，有时候我深更半夜起来照镜子，太有才了。"听到此言，我笑出了声。那个妇人更是笑得摇头。

"好了，朋友们，为了证明你们的诚心诚意，两条手链50元香火钱。"

最终，有五个人掏钱买了可求子求财化姻缘的貔貅手链。在她最后的祝福中，火车也要进站了。妇人等她离开本车厢后，说："你们被骗了，只要5元钱的东西，这种事太多了。"

我发现，我坐的这排两个人加对面的三个人，从始至终，仿若在看一出好戏。无论演员在台上怎么卖力，怎么讨好取悦自己，都安静淡然，无动于衷，清醒地知道这是在演戏，此刻的自己是在观一场虚妄的，与自己生活无关的一幕。

我们是否应该像那位妇人，在开始就知道结局时，仍热心配合，插科打诨，只为捧场，不冷落表演者，还是如其他者，在开始就知道结局时，一直冷眼旁观，事不关己？

无论怎样，我们都是伪装者。认清这点，无法不悲哀。

岁月忽已晚

我的 2015

今天是难得一见的冬日暖阳。车窗外的田野是大片大片的深深浅浅的黄，间或着少许的有些灰暗的绿，在久违的蓝色天空下，这些黄绿相间的原野，像极了法国印象派画家莫奈笔下的油画。

我曾目睹过它们在盛夏的芳华。那是一种极致的绿，肆意的绿，绿到你的眼里心里去的绿。而到了冬天，这些绿都不见了，随之不见的还有我的 2015 年。

生命行至此，我无从坐看云起，我只能在这行驶的列车上，看着窗外逐渐衰败的冬天，感叹岁月的匆忙。

这一年，从少年郎决定报考武汉音乐学院那天起，我们就开始了在孝感和武昌这两座城之间的奔波。

一路行来，我目睹了火车上的各色人等。其中有位离乡多年的身患重病的打工者，他的境遇让我想起了包括我在内的无数奔波在路上的路人甲，我们在年轻时，在连头发丝上都闪烁着青春的光芒时，也曾心怀梦想，斗志昂扬。可是这么多年，一路走下来，多少人的梦想被时光无情地碾碎蹂躏，多少人的初心被岁月无情地更改遗忘。我们的人生何时开始变得千疮百孔，灰暗不堪！但我们的脸上依然有真诚的笑容，这是最可贵的。

这一年，年迈的父亲住了两次院。在他离死亡如此之近时，我是多么害怕。眼前的他，是一个干瘦、面容灰暗的老头。四十年前，他是那样风度翩翩。牵着我的小手坐闷罐火车上汉口，带我坐渡轮，过长江，江水滔滔，望不到尽头。那时幼小的我哪知天地日月人生死亡。我天真地以为父亲不会老。可这一天还是来了，父亲老得走路都困难，走几步就要停下来喘口气。如今，我搀扶着像孩子的父亲，成了他的依靠，可这多么令人心酸。

早在二十年前，我通过阅读《孝感日报》开始记住了陈大超这个名字。没有想到，在今年的一次文学活动中，我见到了这位已经 57 岁的作家。这时，他已经出版了七部作品。对于陈大超来说，文字就是一个个鲜活的有个性的老友，写作已是生命中无法剥离的部分，早已与自己血肉相融。

这个时代，不缺写字的人，唯独缺大师。作为一个业余写字的我，也想在这世界上留下我来过的痕迹、印记。但我也清醒地知道自己将同芸芸众生无声地湮没在岁月的长河里。

那么我们写作有什么意义呢？是为了生活还是为了生存？感谢陈大超用多年的坚持独立思考坚持自由写作告诉我们，写作是为了让自己爱憎分明地有尊严地活着，存在着。

我的 2015 年就要过去了，我和少年郎他爸的白头发更多了，我们终于陪着对方在一起慢慢变老，变成了今天的大叔和大妈。我们当然害怕老。唯愿当老得动不了时，你的右手仍然握着我的左手。

岁月忽已晚

我的 2017

写下这个标题时，正是冬天来临的第一场降温，我裹着大围巾端坐在电脑前，桌上新放着一盆绿萝，手边照例是一杯咖啡，耳畔是张国荣的歌声。最近几日，我在听他的歌。

音箱里的他正在唱《共同渡过》，文章还没有开始写，我却开始小矫情了。或许是他的这首歌，或许是想到了远在天堂的他。只怪我们留不住美好的事物和人。

今年四月，在朋友墨娘的帮助鼓励下，我申请了个人写作公众号，没有她一而再、再而三的催促，我也许今年都不会申请。

想来，我们的身边必须要有这样的朋友或者家人，她的唠叨何尝不是一种爱呢。

因为有了公众号，我不得不比以往勤奋。今年我写下的字数是我个人写字史上最多的一年。

当然跟那些把写作融入了生命的写作者相比，我纯属业余小爱好。

值得我感恩的是那些关注我公众号的朋友，相识和不相识的，距离近和距离远的，没有因为我文章的好坏，从而取缔我的公众号。

今年五月，人到中年的我不远千里前往江苏徐州，只为了观看张学友的演唱会。

那晚，徐州奥体馆上空飘扬着如雪的杨絮，我终于在现场观看聆听到了学友的演唱。不枉此生疯狂了一把。

出生于20世纪70年代的我，有幸在八九十年代享受到一大批优秀的文艺工作者带给我的视觉和听觉的盛宴。

张学友正是其中的一位代表。

所以，在这个美好的五月，我满怀少女般的激情和虔诚，热泪盈眶，同现场的三万名观众一样情不自禁，情难自禁。

共同缅怀我们的90年代。那时我们白衣年少，芝兰秀发，戈戟云横。

今年，我和几位小学同学联系上并见到了分别三十多年的他们。

之前，同在这个城市的我们没有任何联系，但一见面，彼此还是当年的模样。

当年的我们个子矮小，学习成绩一般，坐在教室的第一排。放学后，如脱缰的小野马，学校周边的景物被我们逛了个够，天快黑了，才各自回家。

后来，我们先后转学，再也没有见到过对方。想想，真是奇怪，因为我们所在的城市并不大，可就是在浮云一别后，流水三十多年的岁月和生活中没有任何交集。

却不想，我的初中同学和他们竟然是高中同学。

人生如圆舞。兜兜转转，该再见的终要见到。

就像她们，之前我们分散在湖北省的各地，若不是文字，若不是培训班，我们今生也不可能认识见到对方，成为彼此的朋友。

因了文字之缘，因了共同的喜好，我们相见甚欢。

我们一起相约观看央视的《中国诗词大会》，背写古诗词。

我们一起相约穿红裙、读书、练瑜伽，养心养身，只为了见到更好的彼此。

我们相见时，青山绿水都为我们鼓掌，人生得友时须尽情。

岁月忽已晚

我们相见时，蓝天白云都为我们欢笑，人生遇友时须放歌。

这一年，我们各自努力，朝着自己制定的小目标，一步一步前进着，也许路途不那么平坦，但有什么关系呢。

到了我们这个年龄，有些事情早已云淡风轻，我们内心笃定，知道什么可为什么不可为，什么值得拥有什么值得放弃。

人只有这一世，我不会去想来生或者有没有来生，我这个行人，只想做好今生的自己。

就像我的偶像亦舒，从 17 岁出版第一部小说集到今天，已经出版了 300 多本著作。一直按照自己喜欢的方式写作生活。她在国内出版的小说我每本必买必读。

一直以来，我是希望自己如她笔下的女主一样独立，自爱，知性。可这么多年读下来，独立可能做到了四分之三，自爱估计做到了三分之二，知性或许做到了五分之一。

人生已过半，我还在自我修为的路上前行，不可松懈，不能放弃，更不敢后退，岁月不待人。

尤其是在这个初冬，冯唐写下了一篇公众号文章《如何避免成为一个油腻的中年猥琐男》，字字惊心，句句惊吓，我等中年妇女阅之，难免不会联想反观到自身，谁都不愿意也不想成为一个油腻的肥胖的恶俗的中年妇女。

我等诸般努力坚持，说到底，不过是为了老了也能保持一个好看的姿态，拥有一个优雅的灵魂吧。

或许有些人不以为然，觉得姿态和灵魂重要吗？只要健康活着不就好了吗？

是啊，能健康活到老多好。但我们的身躯肉体里不更需要一个有趣的优雅的灵魂吗？

这样，浮生才无憾，我才没有辜负生命和岁月。

我身边的读书的朋友

人到中年，我们不可避免地或多或少地开始油腻。也许是外貌也许是心灵。

我认为抵抗油腻的最有效的方法之一就是读书。

我身边那些长期喜欢读书，把读书融入生命成为生活中不可或缺的一部分的朋友真的是好看又耐看的女子和男子。

我真喜欢她们。

她们不仅爱读书，也爱运动，更爱生活。

她们善于发现捕捉到生活中的点滴，容易被美的事物和人感动。

我的学弟，当年比我低一年级。他长手长脚，瘦瘦高高。毕业多年后，我有幸成为他微信朋友圈的朋友。

他真是个爱读书的男子。

他之所以这么爱读书，一个原因是真喜欢，与书有缘；再一个也就是最重要的原因是他爱人是个优秀的教师。

夫妻两个人都爱读书，一起读书，彼此关注互相影响，一起分享成长。这是多么好且幸福的一件事！

真的可以写一部两地书之恋。

他近日在读周有光的书，他告诉我他打算逐一看完百岁老人们的书。

这个想法当然好。之前，他刚把胡适的著作读完。

周老先生何许人也。他是中国"汉语拼音之父",著名语言学家。具有"自由之思想,独立之人格"。

周老先生的夫人就是《合肥四姐妹》中的二姐张允和,允和的大妹妹便是民国大师沈从文的妻子张兆和。

想当年,沈从文苦恋张兆和,张兆和是沈从文创作灵感的源头,在写了三年情书之后,终于被他感动了。也感动了近一个世纪以来的亿万读者。

其中这段更是脍炙人口:

我行过许多地方的桥,看过许多次数的云,喝过许多种类的酒,却只爱过一个正当最好年龄的人。

于是,便有了那封著名的"半个字"电报的故事。电报是张允和打给沈从文的,她要告诉他,她们的父母同意了他和三妹的恋爱关系。

电报稿就是一个"允"字。一当两用。

周老先生在《百岁追忆》里写到:中国的白话文诗歌到徐志摩成熟了,小说到沈从文成熟了。他们两个标志着白话文的成熟。

这些大师,是近百年来中国文化史上最美的人物,他们留给我们的是历久弥新的精神财富。

我能读到,我们能读到,何其幸。

要读的书太多了,我和朋友们常常感叹又欠了书债。

时间有限啊。所以要选择性地读好书,读有趣的书。

时间不能浪费啊。所以要多和有趣的人交朋友。

我的朋友胡女便是个有趣的女子。她不仅读书多,而且性情品质好,又写得一手好文章。

她在个人公众号写的"聊斋"系列明年3月将结集出版上市。我等粉丝闻之莫不欢喜雀跃,如同自己的文章即将出版一样。

她的个人魅力可见一斑。

这魅力当然是多年修为而来。这修为当然跟读书多密切相关。

前不久，墨娘去苏州学习，给我们每个人寄了一张手写的明信片，可惜这么久过去了，我还没有收到。

多年前，木心在诗作《从前慢》中这样写：

从前的日色变得慢

车，马，邮件都慢

一生只够爱一个人

估计，我的那张明信片是永远也收不到了。去年，冰心也曾给我们寄过，只有一个朋友收到了。

时至今日，一张明信片能安全抵达收件人手中竟然是一件奢侈的事情。

所幸，我还没有遗失你们，我们怀抱着喜欢的书籍，一起迎接即将到来的 2018 年。

岁月忽已晚

我眼中的他们

从 2013 年底开始，我重新与《湖北电力报》联系上了，在这年年底，我把写的一篇小文投给了当时的副刊编辑胡成瑶。

之前，我有十年没有关注《湖北电力报》，也没有静下心来好好写字。我虚掷了十年光阴。

没有想到，我的这篇小文被胡编辑采用了。那一刻，我是欣喜的。我发现自己还是可以写作的，写出来的文章也是被认可的。这激发鼓舞了我。

我开始提笔写字。陆续发表了几篇小文章。我不勤奋，下笔也不快，质量和产量都一般。但我开始相信，写字可以是一辈子的事情。一生中，总要坚持若干喜欢的爱好吧。

2014 年，我所在的孝感供电公司工会成立了《墨香园》文学协会。可能因为刚在《湖北电力报》上发表过几篇文章的缘故，我有幸被邀请加入。

于是，我认识了农夫。他可真是人如其名啊。一看，就是来自乡镇小干部的模样。

我 41 岁了，可还在以貌取人，实在肤浅。

农夫已经发表了不少文章。而且混迹在孝感文坛若干年。他十分热心，介绍起省电力文坛的佼佼者不遗余力，毫不吝啬赞美之词。

从他那儿，我知道已出版了诗集的赵志荣，出版了小说的李红学，出版了报告文学作品集的谌胜蓝，出版了古诗词集的何红梅，出版了散文集的罗保菊。她们在我心里埋下了仰慕的根。

2014年下半年和2015年下半年的副刊笔会，我都因为儿子上高中而遗憾没有成行。感谢胡编辑在2015年副刊会时成立了微信群。让我认识了她们，见到了他们。

我以为，微信群里都是像我这样的普通的文学爱好者，却不知，这个群里藏龙卧虎，跟你打招呼的说不定就是一位身怀绝世武功的高手。

一天，我说起了我初中时曾经去过竹溪看望当时在竹溪一中教书的舅舅，他后来全家回故乡安陆了。

没想到远在竹溪的大哥当即问我："你舅舅是不是姓武，教数学。""是啊。"大哥说我舅舅是他当年的数学老师，当年高考，他们班的数学成绩最好，"武老师是个好老师，我一直记得他。"

若我现在患有老年痴呆症的舅舅能够知道三十多年后，还如此被学生惦记赞许，该有多欣慰。

认识大哥，源于他的《兄弟》一文。文字还比较粗糙，却满篇的辛酸深情，平实感人。

此后的《王会计》《少年樵夫》同样引起了我等的喜爱关注。大哥的文字画面感奇强，似乎笔触能勾魂摄魄，将竹溪这片土地的芸芸众生妙相摄入文中，个人色彩鲜明浓厚。

大哥多年走过的路，看过的世事，经过的人情，爱憎过的他们，深藏于心。现在，它们一个个奔涌而出，蹦进了我们心里。

有大哥就必然有二哥、三哥，甚至更多。

群里面最活跃的就是二哥。二哥是灵魂人物，是信奉"积

小善可以成大德"的人。

二哥喜欢发 1 分钱的红包。他说：勿以善小而不为。他发名目繁多的红包，一发就令人目不暇接，但全是 1 分钱。写到这里，我心算了一下，一年 365 天，一天 1 毛钱或者 2 毛钱甚至 1 元钱，一年也得 36.5 元或者 73 元甚至 365 元。比起群里长期潜水只抢不发的人，二哥的善举无疑值得嘉许。何况，遇到重大节日，二哥也会豪气大发，发 10 元的红包呢。

农夫在 2015 年参加副刊会回来带给我一本小说《御龙氏》，就是二哥的作品。此前，二哥在《湖北电力报》上开有专栏《水浒物语续编》。

无须多言，二哥是个才子，而且是那种下笔如行云流水的才子。他一个小时就可以写出一篇漂亮的深刻的千字文。他的散文系列《刐湾记事》给我印象深刻，无论是《环香》，还是《业五先生》以及《上大人》，乡村底层小人物的悲情人生在他笔下淡淡道来，读之恻然。

二哥还自创了一种诗歌体，名曰：二哥体。一时之间，群里诗歌爱好者纷纷仿效作二哥体。这种诗体短小精悍，余味悠长。

说到诗歌，就不能不说到写现代诗的三哥。三哥不仅是诗人，还是个社会活动家。他平时少在群里露面，当他出现时，不是在去参加某个高大上的会议，就是在赶去与领导见面会谈的路上。

三哥外形辨识度高。可能长期写诗思考冥想的缘故吧，三哥过早地谢顶了，像顶着特大的葫芦瓢，加上微挺的小圆肚，下巴上的一小撮山羊胡，充满喜感。而且他一口纯正的新洲腔，这种口音，激动起来，十分像驴叫。

三哥说自己是已故词人庄奴的弟子。他对诗歌的热情，持续，让我相信这点。三哥常贴了新作在群里面，请求批评指正。群里面会写诗歌的作者不少，有专写古诗词的荆门女作家何红梅，有写现代诗歌的武当山下的艾静子。比起她们，三哥的诗歌少了几分委婉含蓄留白遐想。但三哥比起大哥和二哥来，在创作上是勤奋的。

2016年9月，我终于有了一次去京山学习的机会。我终于要见到神交已久的她们和他们了。

在京山，我看到了我仰慕的女神们，还有跟我一样在坚持写自己文字的她们。

只是学习时间短暂。每天吃饭的时间就是我们围桌而坐，相谈甚欢时，多么好。

有次，二哥端了满满一盘肉，坐在我们的对面。我看着这个身高一米九二的大个子，抿着小嘴，不露齿，几乎没有声响地把一盘肉快速吃完，然后又去盛满一盘，几分钟后，又是一盘。看到此景，我毫不怀疑他曾夸口说一顿吃96只螃蟹的事是真实存在过的。

二哥当然要吃好。这样才有能量体力每周奔波于武昌和上海两座城之间。每周五回家带孩子学钢琴，画画，参观科技馆博物馆，听音乐会。我不知道二哥这样往返奔波了多少年，但二哥无疑是个好父亲。

忘记了是何时，大哥、二哥、三哥开始了相"爱"相"杀"相"撕"的年度大剧。当他们"杀"得昏天黑地时，我等围观者早就四散遁去，无人可招架。这时，群主出来了，只轻轻一句，三个老男孩瞬时收回独门暗器，变成乖小孩。

这三个老男孩，正是听着李宗盛的歌曲由青变黄的吧。正好，李宗盛的这首《山丘》好像唱的就是他们。

听说声音低沉悦耳的大哥很会唱歌，这首歌大哥一定很

岁月忽已晚

喜欢。

......

终于敢放胆嬉皮笑脸面对人生的难

也许我们从未成熟还没能晓得就快要老了

尽管心里活着的还是那个年轻人

......

越过山丘虽然已白了头

喋喋不休时不予我的哀愁

......

多少次我们无醉不欢

咒骂人生太短唏嘘相见恨晚

......

给自己随便找个理由

向情爱的挑逗命运的左右

不自量力地还手直至死方休

我们和他们，都在这世上，按照自己的内心真实地活着，直至死方休。

无处可诉

雨一直下个不停。父亲睡在床上，盖着一床薄被，被下的他瘦得如一根细长的骨架，眼窝深陷，嘴巴微张，这还是五年前那个满头白发竖如刺、帅气的老头吗？

如今的父亲被病痛折磨得行走困难，呼吸困难，生命已进入倒计时。想到这，不，我难过得不敢再想下去。

年初，父亲曾私下对我说，他走后，要把骨灰撒在长江里，那是他的故乡。他不要土葬。我答应了父亲。

父亲持续低烧已经一个月，住了十天医院，回家后服中药。他是一个坏脾气的老头。住院期间，跟我母亲，跟主治医生，跟病房护士，像个小孩般无理取闹。母亲恨得牙痒，却照旧二十四小时不离身旁。

"我怕他一口气上不来走了。"母亲跟我说。

"你不知道那天发烧来医院，多亏了院子里的魏双清背他出院子和那个女出租司机，你要好好写写她、感谢她，要不是她，你父亲说不定就走了。真是个好人啊。"

那天，女司机帮忙喊到了正在医院台阶上坐着聊天的四个女学生，五个人把父亲抬到七楼救治。

那天是 7 月 6 日，第二天是我孩子高考的时间，母亲怕影响到孩子考试，没有告诉我。

事情过去了几天，母亲仍念念不忘女司机的好。

而父亲对这浑然不知，只知道固执地一次又一次把吊针的速度拨快，母亲便一次又一次地制止他。两个人反反复复。终于母亲累了，伤心地向我哭诉："跟他打了一辈子的结。"

真是一对怨偶。争吵了一辈子。

前天，母亲跟我说："你父亲今天跟我说他错了，这辈子他对不起我。他这么多年，从来没有认过错。"

父亲年轻时脾气火爆，文化不高，一言不合就可以抡拳头。母亲吃足了苦头。

现在，父亲知道自己老了，老得很难受很糟糕。我们在时间面前，在病痛面前都无能为力，无可奈何，无从诉说。

昨天，我和儿子为了出去旅游的事情起了争执。父亲意外地有了精神，和儿子聊了几分钟。时间不长，却把我和儿子说得泪水涟涟。

父亲说："你妈是为了你的安全，你妈这个人，优缺点各一半，她也不容易。"

儿子小时候是父亲的心头宝。父亲膝下没有儿子，从小是把我和妹妹当儿子养的。父亲常常抱着、牵着儿子在院子里玩耍。在儿子眼里，姥爷是庇护伞，要是犯了错，姥爷会罩着，会批评妈妈、姥姥呢。

现在，儿子自然知道要对姥爷好。

"多做点儿好吃的给姥爷吃。"

"不能把姥爷一个人丢在家里啊。"

"妈，你不能用那个语气对姥爷说话，我以后也这样对你？"

我闻之大惊，赶紧检讨自己。

父亲睁开了双眼，示意我把床头柜上的纸杯拿过来，他要起身吐痰。我扶起他，他靠着我，吐了三次，才吐出来。

这病痛跟这雨一样，带给生命的是灾难。

吾家有儿初长成

1997 年，初夏。我趴在阳台栏杆上，嗅着不远处的栀子花清香，欣喜不已。因为，我要做母亲了，我的腹中正孕育着一个新生命。

宝宝会是什么模样呢？大眼睛，白皮肤，黑头发吗？像我还是像他呢？

我陶醉在想象中，痴痴笑了。

宝宝，你六个月时，爸爸说梦到你，很白，特别漂亮。24 岁的妈妈在日记中写道：你会令我们失望吗？哦，即使没有想象中漂亮，妈妈和爸爸也不会不喜欢你，先天既定，可以从后天的文化修养和素质方面来使你颇具人格魅力。

当时妈妈就是这么想的。希望你是个有人格魅力的人。

在怀孕那天，妈妈就开始为你写日记。是妈妈的心情，也是与你的对话。时隔多年，妈妈今日再看，颇多感慨。

1998 年 3 月 17 日，晨 8 时 12 分，你出生了。是个男孩。初生的你没有预期的漂亮，头发很黑，皮肤红红，脑袋又长又尖。小姨溜去看在保温箱的你，说你：正在啃自己的鸡爪小手，丑死啦。

月子里，妈妈坚持写日记。因为你每天都在变化，妈妈怕遗漏了你成长的一点一滴。比如：你是怎样吸吮初乳，什么时候拉了人生第一次大便，身上的皮哪天脱落的，眼睫毛哪天长

出来的，什么时候睁开双眼，什么时候对妈妈笑啊，等等。在妈妈眼中，无比珍贵，不可错过。

出生后的第五天，你的皮肤变白了，左脸颊有个深深的酒窝，双眼皮很明显，手指甲长得圆润如玉。你常在睡梦中笑得咯咯响，嘟着小嘴，两腮鼓鼓的，像个可爱的小猪娃，妈妈怎么也看不够。

每个年轻过的父母都是没有育儿经验的，知识都是从老一辈的传授和书本中学来的。我们在孩子的哭声中，笑声中，吃喝拉撒中，同孩子一起重温我们婴儿时代做过的事情，深深感受到父母的辛劳，感谢父母！

六个月时，妈妈在电视上看到一部关于儿童患白血病的社会专题片。当看到一位母亲无力救助自己的孩子而伤心欲绝时，妈妈也哭了。当晚，妈妈在日记中写道：因为有了你，孩子，妈妈才能以一个母亲的心怀去理解天下母亲的心，谢谢你来到妈妈的身边！

七个月时，你对于《登鹳雀楼》这首诗格外敏感。只要你一烦躁，我便会念"白日依山尽，黄河入海流……"而你则会安静下来，神情专注地沉浸在诗的意境中。

七个月时，你已表现出爱小动物的天性。我们带你去同学家玩。同学家是一平房。门前的小铁笼里，关着一只老鼠。你竟用手提起它，抱在胸前，可惜没有抢拍下来。还有一只小黑狗，你一点儿也不惧怕，用手去抚摸它，想跟它玩。看见小姨在你面前跳绳，兴奋得咯咯直笑。

上幼儿园后，家里开始养小动物了。你喜欢什么就养什么。养得最久的是一只小乌龟和一只白猫。那只猫通体雪白，你常带小朋友来家中看它，你亲切地唤它：小白。

是谁说过，爱动物的男人是孝顺的有爱心的男人。妈妈支持你鼓励你爱它们，尊重它们。

八个月时，你喜欢站在洗脸台上照镜子，对着镜中的自己笑，对着镜中的自己亲了又亲。

九个月时，爸爸要去外地出差，妈妈抱着你去送行。当车开动时，你扑到妈妈怀中，流下了离别的泪水。

十个月时，你对于洗澡这件事高兴得不得了。妈妈在你的澡盆里放上两只小鸭子，你小脸红扑扑，和它们玩得不亦乐乎。当水要凉了，妈妈抱你起来时，你不乐意了，一口咬在妈妈为你擦身子的手背，哇，好痛！几个牙印留在了手背上。这个时候的你上面长了两颗牙齿，下面长了四颗牙齿。你一看妈妈呼痛，又赶快抱着妈妈的脸亲亲。

十个月零八天，你稳稳站在地上，迈出了人生第一步。

妈妈希望你在人生路上走稳一点儿，走慢一点儿。多看看沿途的风景，充盈自己的内心，多些微笑，淡定从容。

一岁五个月，你喜欢看童话书，听妈妈讲故事。当你听到一则"小板凳，你莫歪，我给爷爷捶捶背"的童谣时，赶快从妈妈身上溜下来，跑到姥爷身边，用小手为他捶背。你最喜欢听《丑小鸭》的故事。每次妈妈讲完，都会问你："小虎子，你最美的地方是哪里啊？"你便指着自己的胸口，"对啦，一个人最美的是他的心灵，小虎子，你真棒！"

一岁八个月，有天中午和妈妈一起看电视。这天的《每周一歌》放的是歌曲《接风洗尘》，讲述的是几十年前红军在海南岛战斗的故事。你开始听时，趴在妈妈腿上，过了一会儿，妈妈见裤子上有一滴水，一看你，眼角两旁已涌下了眼泪。孩子，你是多么多愁善感啊！这么小的年龄，就被音乐打动。

同为双鱼座的我们，是有文艺情怀的人。在我们的生活中不能没有书香、茶香、花香还有家庭的味道。

你走路早，说话晚。当你两岁三个月时，才会说三个字的词语。有一首儿歌是这样说的第一句：高粱叶儿哗啦啦。当我说到"叶儿"处时，你会接着说：哗啦啦。这时的你也越来越调皮。喜欢恶作剧，把自己反锁在卧室，听我们在门外大呼小叫。把双手沾满水，然后抹到104岁的太姥姥脸上，一遍又一遍。你如果对谁生气了，就手一挥说："我有枪。"然后把玩具枪拿在手中，对着对方一阵猛射。有段时间，你喜欢朝人吐唾液，我温柔教导你，不听，打你屁股也不听。一日，在院子操场玩，你又向五楼的一个小哥哥吐，他只用言语表示不满，后来你太过分了，妈妈就对他说："他再吐你，你就打他。"他真的在你再一次吐他时， 巴掌打在你的脸上，你愣住了，妈妈也愣住了。可能不服气吧，你又吐了一口。他也不示弱，又一巴掌了。你又愣住了。我没有作声，只是心里在想不知道这个方法是对还是错。但是，从那后，你再没有这个恶习。

院子里的草坪长得绿油油的，每天都有人浇水，妈妈告诉你这是小草在喝水。"小草啊，小狗啊，都是有生命的，我们要爱护它。"后来每次经过，你都会说：小草喝水，虎子喝水。

两岁五个月时，妈妈无意在你面前哼唱国歌，你喜欢听，让妈妈再唱，我一年前唱过，那时你就喜欢听，而今当妈妈再一次唱它时，你的面部表情随着歌词和旋律的起伏而变化，在你脸上妈妈看见了悲怆。

这一年，时值奥运会开幕闭幕。让你过足了升国旗的眼瘾，那时的你对于国旗简直是痴迷，每当国歌响起、国旗升起时，你便对着电视机的画面全神贯注，严肃认真地敬礼。

孩童时，我们都有颗赤子之心。随着年岁渐长，不少人丢失了。想永葆，很难。

三岁五个月，妈妈早上出门穿鞋，没有站稳，你赶紧扶住妈妈的手。当妈妈牵着你的小手下到一楼后，你没有站稳，晃了几晃，妈妈没有扶住你，你问："妈妈，你怎么不扶我呢，你应该扶我的，我刚才扶了你的吧。""哦，是，是妈妈不对，要互相帮助。"上楼不再要妈妈抱，说自己长大了，要帮妈妈拎东西，妈妈就递给你一小袋物品，你问妈妈："我能不能干?""能干。""那你谢谢我呀。"当妈妈心情不好，你又不乖时，妈妈忍不住呵斥你，你便大声对妈妈说："你又吼我，赶紧对我说对不起。"

在孩子的成长岁月中，父母是最好的老师。我们的一言一行，孩子都看在眼中，记在心里。我们怎么对待他，他就会怎样对待我们和他人。孩子的脾气暴躁，个性倔强，遗传了我和他爸。这两个缺点很不好。我希望他学会控制自己，温文些。

快四岁时，你告诉我："董××要和我结婚。"

"啊！那你觉得呢?"我忍住笑。

"我不愿意。"

"为什么呢?"

"她说脏话。"我偷偷乐了。

快九岁时，一日，妈妈问你你最喜欢谁。你说是妈妈。

"可是妈妈总冲你发脾气啊。"

"因为你生了我，给了我生命。"

过了一会儿，你又说："要不是你生了我，我就看不见谢××。"

"你就这么喜欢她?"

"为了汪××（院子一同长大的朋友），我也可以放弃呀。"

天哪，我都不知道你小脑袋瓜里哪来的这些。

时间过得很快，五岁、七岁、十岁、十二岁、十五岁，你变化惊人，你长高了，你长胡子了，你有喉结了——关于你的

岁月忽已晚

123

记录太多，妈妈今日再看，好多事我已经遗忘了，尘封了。一本本的日记却忠实地记录着生命的点滴，过往。那些难忘的，羞赧的，遗憾的，动容的。

28 岁的我写道：妈妈想，等妈妈老了，你不在身边时，可以看看这本日记，可以回想你幼时的情景，犹如你在身边，所以要把字写大些，免得年老体衰，看不清字了。

看到此处，我笑了，随即却被什么湿了双眼。

如今，妈妈却想把日记当作你的成人礼送给你，这比任何物质都珍贵，相信你会喜欢。

三月，绿意闹枝头。这个月，妈妈将迎来 41 岁，你将 16 岁。那天，妈妈聊起你小时候的种种可爱，你轻声说："哪个小孩不可爱呢？"

是啊，每个孩子都是上天给父母最好的礼物，是来到人世间的小天使。

孩子，妈妈只希望你健康快乐，做个凡人。

相见欢

　　那天，我参加一个活动，见到了几位我心仪已久的业内作家。我面前的她们穿着风格不一的裙子，却不约而同地有一种美。那种美发自内心，令她们一颦一笑，都养眼舒心。其中有一位老师，穿着一件缀着太阳花朵的短旗袍样式的裙子，头发绾在脑后，整个人优雅从容迷人。

　　每个女人都在追求美。不少的女人甚至把美到老当成毕生的使命和功课。只是有的女人用错误的方式追求美，例如不停地整容，后果是把自己整成了美的对立面。有的女人则不断发现自己，认知自己，充盈自己，不辜负每天的时光，让自己更是从内美到外，美得饱满，美得有风骨，美得有生命力。就像我眼前的她们。

　　活动间隙，有人喊我的名字，我一回头，是 18 年没有见过面的刘小林。18 年前，我与她有过两面之缘，皆因文字而来。第一面我清楚地记得是在初冬的一个会议上。散会后，我乘电梯，遇到她，她当时亲切地问我是陶晖吧。之前，我们都有若干文章见诸业内报纸的副刊上。因此相互留意，相互关注，相互欣赏。第二次相见，是在我婚后，我邀她来家里吃饭。那时初学做菜，菜的味道一定不怎么样，因为她吃得不多。她小我四岁，文章写得比我好。之后，我很少写字，忙于生活，疏于整理自己的内心，也遗忘了初心。小林好像也写少了，我们一

直没有联系对方。

如今见故人，自是欢喜无限。她说一直在注视我，只要内网上有我的身影，她都没有漏掉，只要有我的文字出现，她一定在看。真好。这就是因文字而识的朋友，无须见面，无须寒暄，却了然于心。这18年里，我们自然是有过痛，有过伤，有过悔，也有过遗忘，放下。我们的眼角、颊上、唇边也毫不留情地刻上了岁月的痕迹。但我们无视这些，我们只看到微笑的对方，大笑的对方。

小林给了我一个大大的拥抱。我也回抱了她。在时间的长河里，我们都变了模样，但庆幸的是我们的初心未变。这比什么都好。

这次能见到她们，认识她们，我自然要感激去年认识的一个朋友——吴国华。是他促成这次相见，没有他的努力，我不可能同时见到她们。这样的机缘难得。

吴国华不帅，却写得一手好钢笔字和锦绣文章。他是孝感毛陈雨坛村人，因此自号：雨坛农夫。他爱土地，有乡土情怀。他的业余时间，除了写字赏文就是躬身于老家的几十亩地里，精心侍弄大叶女贞、杜英、紫薇、海棠球、小山茶、三角梅、栀子花等，不亦乐乎！他家的小美也乐滋滋地跟在身后，跃于花丛，扑蝶逐蜻蜓。

吴国华去年专攻散文，今年转型新闻写作和微信创作。他就像脚下的土地一样坚实向上，也像他亲手栽种的桂树，暗香四溢，自然从容。在雨坛村，他父亲的老屋还在，屋门前有棵极美的槐树，他准备重新翻建，让双亲和家人过上令我向往的"采菊东篱下，悠然见南山"的写意生活。

女人到了一定的年龄，有了一定的阅历和智慧后，轻易就能在人群中看到那个与自己气味相投的她或她们。

无须多言，也无须相忘。珍重好花天。

小记田志

　　田志在我认识他之前是个厨师。现在自己租了个十几平方米的门面经营着一家小餐馆。主要是做外卖的生意。

　　他的小店开业后，正好有个同学要过生日，大家为了聚聚热闹一下，就选在他的店里吃吃喝喝。

　　从我进店到吃喝完的两个多小时，田志都在送外卖。只在中途抽了五六分钟时间送了一碗长寿面给寿星。

　　外面一直下着雨。

　　他的老婆也在店里帮忙。田志身高可能一米六左右，老婆却比他高比他白。

　　我这个人看问题肤浅，也藏不住话，席间，我忍不住说：田志的老婆比他高呢。

　　结果，几个个子不高的男同学告诉我，他们的老婆身高都比自己高。

　　因为他们当年都想着要找个比自己高的女孩做老婆，这样可以改善后代的身高基因。

　　我当年怎么没有想到要找个身高一米八的男孩啊。

　　我当年脑海里只有爱情。附加的种种一概不考虑。

　　到了下午三点多钟，田志终于可以坐下来歇歇，吃口菜，喝上一杯了。我们坐在一旁继续聊天，也不打扰他这清静的属于自己的片刻时光。

岁月忽已晚

他喝着一小杯自家泡的黄酒，吃相斯文，神情专注，仿佛他的面前是两盘精心烧制的难得一见的一品珍肴。

其实不过是一份土豆片，一份小麻鱼而已。

哦，不对，应该只有大半份，是他老婆午饭后留给他的。

过了一些时，我从徐州看完张学友演唱会回来，当时已经晚上九点多了，家里一粒米也没有，只有一把面条。而肠胃不好的老公想吃稀饭。我试着打了田志店里的电话，没想到他在，正准备关门回家。

当他听完我的要求后，沉吟了几秒说，我帮你们用高压锅压点儿稀饭吧。

那晚，疲惫的我们喝着清香的白米粥，心中无限感激。

他店里的菜很家常，有一人份的菜，关键是味道不错，价格合理。

我又点了几次外卖，每次让田志进家坐坐，他都说很忙，有空一定来。

送外卖这事，风吹日晒雨淋的，着实辛苦。赚的都是辛苦钱。

可这辛苦钱也有人眼红。

一天晚上，田志打电话给我，告诉我他店里停电了，但不欠电费，整条路就他家停电了应该找哪个部门或单位咨询。

我告诉了他一个投诉电话，又在单位的群里面询问这个情况会是什么原因。很快，有同事告诉我可能是负荷高了，空开跳了。我又赶紧告诉他，让他看看空开是不是跳了。

电闸在房主那里，他赶去房主那儿查看，原来是有人故意把闸拉了。

他没有追究。

我也觉得不要追究。很多时候，我们不去追究，并不代表我们胆小怕事，而是我们愿意原谅，愿意小事化无。

还有，田志是个老实人。

开小餐馆，送外卖，需要吃苦耐劳勤快脾气好。田志具备这些。

遇到不讲理或者心急的客户，田志都笑脸相对，好言语解释。一次送餐时，为了避让一迎面快速骑车而来的熊孩子，田志滑倒在地，腿上擦伤了一大块，鲜血淋淋。他没有责怪那个孩子，挥挥手，让他走了。自己去社区诊所简单处理了一下，也没有包扎。

当时，我和两个同学正在店里，看到他触目惊心地进来，着实吓了一跳。我问他打破伤风针没有。之前，我家孩子刚划破手指，刚打了破伤风针。在我的观念里，只有打了此针，才安全。

他说不用，过两天就会好的。

我们见他不甚在意，也只有嘱咐他以后送外卖时不要只求速度快了，安全第一。

有时同学小聚，会选在田志的店里。一来，可以照顾他的生意，二来，为了方便他跟我们见面聊天。他是没有时间去赴生日宴、升学宴之类的。

我和他们在一起，聊的全是小学同学、初中同学、高中同学在共同的岁月里经历过的难忘的趣事。我们从不谈及谁住了大房子，开着什么车子，赚多少钱，也从不抱怨数落工作中、人生中的不如意。

我们都是这个小城市里最普通的一类人。我们愿意脚踏实地，我们相信天道酬勤。

我们珍惜每次的见面，我们看到的是分别、相隔三十年后再聚首时各自踏实生活的我们。

岁月忽已晚

写给父亲

2018 年 1 月 31 日

上午 10：43 分。我的手机响了，是妈妈家的电话号码。

是母亲略低沉惊慌的声音：你快回来，你爸爸快不行了。

我拿起包包就往办公室外跑，慌乱中把手机摔在了地上。

家里大门开着，我跑进父亲住的房间，床上被子掀开着，不见父亲的身影。

这时，母亲从卫生间出来，说：你爸在厕所里。

我跑进卫生间，看到父亲的头微微倾向右边，双目紧闭坐在马桶上，脸色蜡黄，双臂无力下垂着，他的双手十指部分已乌黑。

我赶紧对母亲说：这不行，要打 120。

打完 120 的电话，想想，我又打到我所在的班组，喊了两个年轻同事，怕 120 来的人抬不动担架。上次父亲发病去医院，120 只有两个人可以抬担架。

这时妹妹也回来了。我们三个人围在父亲身边。我说：先把裤子穿起来。

母亲和妹妹架住父亲，我在身后提裤子。裤子提上后，父亲身子往下沉。

这时，电话响了，是 120 问我们所在的具体位置。我放下电话下楼去接 120。

这时，母亲和妹妹几乎是把父亲抱出来了。

匆匆下楼来，班里的两位年轻人过来了，我告诉了他们楼层，也看到了 120 拐进了院子。

不得不称赞，120 的速度很快。

当我跟着 120 上楼来，听到先进屋的医务人员说：人已走了。

然后，医务人员动手把父亲连同他身下的沙发垫子抬下，平放在客厅的地上。医务人员解开父亲的外衣和内衣，脱下他的棉拖鞋，开始最后的急救。

我站在客厅里，无法相信父亲这样就离开了我，离开了我们。

他生命里最后一句话是对我母亲说的：我要上厕所。

他生命里最后的时刻没有来得及睁开双眼看看我和妹妹，当我和妹妹赶到他身边时，他很可能已经感受不到我们来了。

父亲的生命逝去得竟然如此之快，从我接到母亲电话到医生宣告已经死亡，只有 21 分钟。

他生命中最后的那一分那一秒是躺在客厅沙发垫子上结束的吧。

他躺在那里，身躯是那么瘦长干枯，父亲生前是个衣架子；刚理过没几天的头皮还没来得及长出新发，这让他看上去几乎是个光头老人；深深凹陷的双目紧闭，父亲生前的眼珠偏琥珀色；嘴巴微张，坐在马桶上的那刻，他一定感知到了自己生命的微弱，生命之光即将熄灭，他一定有话要说想说，可病痛让他无力开口，无力说出；他发黑的十指修长纤细，有点微拢，曾经的它们白皙有力，拥抱过我们，就在前一天，这五指还写下过最后一组福利彩票数字。

母亲跪在他的身旁，把他的十指一一抚展开。但父亲又倔强地微拢着。

本就有慢性支气管炎的父亲，在患上肺心病的生命最后三年里，每年都要与死神抗争几次，可能是死神对这个老头手下留情吧，每次父亲都幸运地跑过了死神。

然而这次，死神没有放过他。但死神也是怜悯他的，让父亲走时没有痛苦。

79岁的双股股骨坏死，患有慢性病多年的父亲在2018年的1月31日终于解脱了病魔的折磨。生命永久地定格在上午11：04分。

这一天，也是孝感2018年第二轮强暴雪天气之后的第五天，最低气温零下七度。

这一天，我没有了父亲。

2018 年 2 月 1 日

我没有想到父亲走后会有这么多亲友、同事和他的老友来告别。

这是父亲的幸事。

之前，我也是诸多冷漠者中的一员。我也曾比较淡漠地面对过他人的逝去。

而今，面对我的同事，还有那些蹒跚而来的老者，他们让我懂得了我人生中遇到的每一位，无论是生前还是身后，我都要善意待之。

生命太脆弱，不是每个缘分都会长久的。

有位沈伯伯，我有三十多年没有见到过了。当他戴着黑呢的八角礼帽，穿着厚重的卡其色的老派呢大衣，脚上一双家居保暖棉鞋，挂着拐杖艰难地爬到四楼我父亲家时，我一眼认出了久别的他。

我之所以三十多年来没有忘记这位老人，一是当年的他说一口有别于院子里大人们的孝感话或者武汉话之外的宜昌话；二是因为他的老婆来自农村，家里很穷。

这两点令我对他印象深刻。他没有想到当年的黄毛丫头还记得他。

我父亲年轻时是个钳工，他的第一代徒弟有三个。如今他们一个在孝感，一个在南京，一个在深圳。

现住在南京带孙子的韩叔叔，知道父亲过世的消息后，一夜没有安睡，买了第二天一大早的火车票赶回。

他含泪说起当年我父母结婚的那天仿佛就在昨天。他还记得是位谢姓的师傅主持的婚礼。

来的每个昔日老友都说他是个好人。说他耿直，大方，乐于助人。

父亲只有高小文化，却写得一手好看的钢笔字。中年时，他喜欢看《今古传奇》一类的杂志。我就是在他买回来的《今古传奇》上读到长篇连载武侠小说《玉娇龙》。老年时，父亲只读《楚天都市报》。

在他生命的最后几年里，晨起第一件事是吸氧，第二件事是过早（吃早饭），第三件事是吃药，第四件事就是读报。

在他生命的最后时光里，他极少下楼。他哪儿也去不了，只能在阳台上晒晒太阳。他喜欢上了购买福利彩票，不能下楼的他，只能让我们帮他买。几年下来，未见他幸运过。

有次，父亲让我帮忙买两注，我嘴巴答应爽快，其实心里早已拿了主意不给他买彩票，想着到了第二天，他定会忘记了这事。

第二天，他果然没有提起彩票，但再也没有让我买过。

如今，想来，父亲是知道我欺骗了他的。

我欺骗了他，也欺骗了他对福利事业的热诚。

我91岁的姨妈，从黄石赶来，在我母亲的众多亲戚中，姨妈是看着父亲母亲结婚生子，看着我们长大，看着父亲母亲走过48年的关系亲厚的亲人。

她老人家一进屋，就老泪纵横，喊着：陶儿。

她老人家一定是想起了父亲和母亲新婚没多久，母亲去了陕西秦岭白河县三线上伐木，父亲一个人住在油化车间里用草蒲隔起的只有几平方米的家里煤气中毒的往事吧。

当年，寒夜。隔起的空间狭小，仅容下一张单人床，一个木箱子，没有窗户。父亲用炭火盆取暖，睡觉时余炭未熄。第二天上班时间都过了，同事王嵩山见父亲还没有到，便去居处看看父亲，还没有走近，便闻到了一股一氧化碳的味道，心道不好，疾步上前，一脚踹开了木门。

只见父亲口吐白沫仰面倒在床边的地上。

因为母亲远在陕西白河，只有给在邹岗卫生院的姨妈摇去电话。

我的姨妈几乎是一路哭到孝感来的。她怕我父亲没了，妹妹守寡啊。当她来到县医院附近，竟然在医院附近看到了我父亲，她吃惊地说：维桃，你不是煤气中毒了吗？

刚从鬼门关走了一遭的父亲笑嘻嘻地说：姐，我好了。

我二舅爷家的大表姐，一进家门，就大声哭开了。在我安陆的一众亲戚眼里心中，我父亲是她们武家的姑爷，是他们的幺姑爹。

这个走路有点外八字的姑爷每逢回安陆，都要和这些侄子侄女们打通宵麻将。今夜，她们在客厅里摆开麻将桌，陪伴父亲最后一程。

烛火后面的父亲，一定很心疼这么冷的天气里熬夜守候的她们和聊着往事的我们。

2018 年 2 月 2 日

父亲走的那天，我送他去殡仪馆。一路上，积雪未净，有的堆积在人行道上。

我木呆呆的。

他生前，我陪伴他的时间并不算多。

他是个脾气有些暴躁，有点横的人。

我小时候经常去他工作的车间玩。他穿着深蓝色的工作服，戴着同色的工作帽，白色毛线手套，那手套多半已脏了，有油渍。

他站在钳台边，看到我来，会挥挥手，让我赶紧回家。

当年我个性调皮，不喜欢上学，有时会逃课，有一点儿小事，就可以不管不顾，哭个惊天动地。

所以我屁股上经常会留有他的五个手指印。但他是喜欢我的，因为他带我去汉口、去武昌、去奶奶家的次数比妹妹多。

我坐过黑皮火车、绿皮火车去汉口。那时的火车，很慢，人很多，常常拥挤着无从下脚。

在汉口的商场里，他在服装柜台前给我试新衣买新衣，我一直记得他曾做主给我买过一件以深枣红色为底色，并辅有七彩细丝线织成的小西服领外衣。那件衣服的颜色和款式对于正在上小学的我来说，太成熟了。

但当我把衣袖举到眼睛前面，我的眼前是放大了的七彩阳光，美不胜收。

他牵着我的小手，从汉口的粤汉码头坐轮渡过长江，去江对面的徐家棚。看着浑黄浑厚的滔滔江水，我常常会担心如果

翻船了怎么办，我可不会游泳。当轮渡安全抵达码头后，我才放下心。雀跃地蹦跳在那些搭建在江水上的木枕和铁板上。

在武昌的长江大桥下，他抱着剪着童花头的我拍照留念。

在奶奶家，他丢下我，骑上自行车，去武昌找昔日同事叙旧。

我常常倚靠在奶奶家的木门上，望着他远去的方向。幼小的我只知道，门前的那条柏油马路通向武昌。隔着马路的不远处就是滚滚长江。

那条马路到了夜晚就黑黢黢的，没有自行车的车轮声，没有人影，只有树叶的沙沙声。直至夜深，隔壁家的灯都熄灭了，我才死心，知道今夜父亲是不会回来了，才进屋睡觉。

他不知道的是，躺在奶奶床上的我是想他的。

如今，我陪伴他最后一程。

人生的路，父亲走得坎坷，他一生清贫洒脱。

父亲的名字是维桃。是因为 1939 年父亲出生在湖南桃源县。当年爷爷在桃源是国民党一士兵，认识了奶奶。后来退伍回到湖北武昌，在徐家棚安了家落了户。

父亲高小毕业后，就出来做事。辗转多地，阴错阳差，最后在孝感稳定下来，认识了我母亲，从而有了我和妹妹。

如今，父亲先离开了我们。人生就是一场场的生离死别。只不过，有的撕心裂肺，有的刻骨铭心，有的怅然若失，更甚者人琴俱亡。

今天，父亲就要化为灰烬，装进一个小玉石盒子里，埋入冰冷的水泥中。

我们齐聚在冰冷的殡仪馆中，送别父亲的遗体。

在场的每位亲友老友含泪，哭泣着隔着棺木看了他最后一眼。

再不舍，再伤痛，再悔恨，父亲还是要入土为安。

父亲，几年前你曾经叮嘱我要把你的骨灰撒入长江。

我知道，长江水是你的故乡。

我更知道，你是要和母亲永远在一起的。

两年前，母亲被两个老同事相约去了近郊的烟灯山公墓，买了一块合墓。

今天，父亲你就安放在这块墓地中。

这块墓地四周有松柏。有阳光。有水。

父亲，愿天堂没有肺心病。

2018 年 2 月 3 日

父亲退休后就没有照过登记相了。那天，他走时太突然，匆忙中我在他房间的小盒子里翻出了大概是五十多岁时的一张登记照片。

这张照片放大了，就放在母亲家中客厅的矮柜子上。

母亲每次看到这张照片，都会流眼泪。

她抽泣着说：我怎么觉得你爸在横我。

我仔细观察，这张照片无论从哪个角度看，父亲琥珀色的眼珠和下垂的眼角，确实让面容严肃的他不怒自威地带有一丝威严。

那时的他依旧喜欢抽烟，喜欢打麻将，依然脾气火爆。仍然有同事喊他：陶拐子。

但在父亲 59 岁之后，他的头发开始花白，目光开始柔和，面容开始慈祥，气质开始内敛，性情也开始温和。

这是因为我的孩子、他的大外孙出生了。家里新添的这个小男孩，逐渐转变着他的心性。

俗话说隔代亲。这话用在父亲身上一点儿也不假，他把自

岁月忽已晚

已做父亲时稀缺的温和、耐性、慈爱、好脾气全给了这个孩子。

父亲如同二十多年前抱着我一般抱着这个小男孩坐火车去汉口，再从汉口坐轮渡过江。

长江水还是那样浑黄浑厚流向远方，长江大桥还是那样壮观瑰丽屹立在前方，只是怀中的孩童已换成了孙辈，就在眼前，长江上第一座特大型预应力混凝土斜拉桥长江二桥已经通车几年，而父亲幼时生活过的旧居随着长江二桥的开工建设完工早就拆除了。不久之后，徐家棚码头也将停运。

日暮乡关何处是，烟波江上使人愁。

高小毕业的父亲当然没有这么诗意。

父亲面对此景，他的心绪几何，我已无从猜测。

但他怀中的不知愁味的小男孩看到滚滚江水一定是欢喜雀跃的。

六十多岁的父亲牵着外孙，也要身着白衬衣、浅咖色棉长裤，腰板挺直，依旧是众人眼里风度翩翩的白发老头。

他的衬衣，全都自己按照新衣服的板型折叠着整齐平放在抽屉中。

姨妈一直记得父亲年轻时曾经穿过一件果绿色的衬衣，下身长裤的裤管只有五寸！脚上一双尖头皮鞋。

当年父亲刚认识我母亲不久，他穿着这身衣服，喜滋滋地跑去邹岗卫生院。

20世纪70年代的乡镇，民风质朴，哪有人在生活里见过这身装扮，一个个惊讶艳羡得眼珠子都要掉出来了。

更有好事者跑到姨妈面前嚼舌根：这不就是流氓做派嘛！

"那这件衬衣后来还在吗？"听到这里，我问姨妈。

"后来你爸给了伦伦（我姨妈的大儿子），伦伦穿回邹岗，伟伟（我姨妈的小儿子）看到了，要穿，伦伦老实就脱给他了。"

父亲一生爱干净。再穷，那衣服定是妥帖干净的。

那个小男孩后来长大了，对我说：我和姥爷一样，比较讲究，你就不讲究。

这点，我认同。

父亲73岁之后，坏死的双股骨让他走不了远路，年轻时经常出差、东奔西跑的父亲在暮年时几乎成了个行走不便的跛脚老人。

他的慢性支气管炎开始发作得比以前频繁。他不得不忍痛戒掉烟，还有麻将。

他逐渐不能出院子，不能下楼，不能走出家门了。他不得不跟岁月跟病痛妥协低头。

他叹气叹息直到最后无声无息。

2018 年 2 月 5 日

父亲，今天是你走后的第六天。按照孝感的习俗，今天是头七。

你入土时，母亲遵从习俗没有去送你。

今天，我们去烟灯山公墓拜祭你。

路上隐约可见余雪。

同去的还有母亲的几个老同事。她们昨天晚上才知道你过世的消息，责怪母亲怎么没有告诉她们。

这两天，母亲的老同事来了三拨人。她们都是七八十岁的老人了。

到了这个年龄，对于死亡，她们比较达观。有几个阿姨还索要了专办身后事的电话号码。

平时这些阿姨经常电话联系，也会在天气晴好时聚会，打

打麻将，逛逛公园和超市，合影留念。

我认真拍下她们的合影。有个阿姨还挺直腰板，摆了个脚尖踮起朝前的姿态，真好看。

父亲，几年前她们的聚会，你每次都兴致勃勃和母亲一起去。

后来，你坐不住了，也走不动了。

只能偶尔在院子门口转转，看看街上的人来人往。

这世俗的热闹，对于你而言是珍贵的，是看一次就少一次的。

你熟悉的武昌和安陆，离你已是红尘万丈。

你年轻时去过的北京、南京、西安、庐山等地，如今，只有从央视每晚的《天气预报》里看到了。

不能出门的你，却每晚关注着《天气预报》。

到最后，你连《天气预报》也不能看了。每夜，你早早上床歇息。

父亲，我好后悔，我没有问过你是不是难受，没有在你的床边多坐坐陪伴你。每次我去，都是匆匆。

有次，我有两天、三天没有去看你。当我去时，你用汉腔说：稀客啊。

当时，我觉得你真不会说话。现在想来，你是想我了，想天天看到我。

我出生前，32 岁的母亲产前子痫，昏迷了六天，吐得满脸血沫子。当我艰难地来到这个世上时，却没有睁开双眼。

我那刚生产的、从麻药中苏醒过来的母亲急得直哭：我吃了这么大的亏，怎么生了个残疾？

一直守候在母亲身边的姨妈安慰母亲：不会的，月子里不能哭，哭不得。

姨妈是妇产科医生，所在的医院要她赶快回去。她只好带着放不下母女俩的心情回邹岗了。

第二天，我父亲摇电话去邹岗，电话里是他喜滋滋的声音：姐，眼睛睁开了，不是个瞎子。

欢喜的姨妈抱着一坛酿好的米酒和一篮鸡蛋，跑到镇上粮店，拦了一辆运粮车，坐在高高的粮袋上又来到孝感。

然后，抱着我，扶着我母亲离开医院，让我母亲睡在租来的板车上，把母女俩拖去汽车站，坐班车去邹岗卫生院姨妈家。

那时的妇女，月子假只有一个月。满月后，我母亲抱着我回到杨店卫生院。母亲一边上班一边带我。

母亲说多亏了当年的那些同事，轮流抱我。

过了两个月，姨妈来看我，她以为会看到一个漂亮可爱的小娃娃，结果她大惊失色，因为她看到的是个难看的光头小孩。

原来是父亲做主剃光了我初生的头发。

那时我圆乎乎的脸，光着头皮，像个小男娃。

那时父亲已经 34 岁了。

祭拜完父亲，我们走过一排排陵墓。其中，有个特别大的合墓，我们停下脚步。有好奇心重者，走上前，仔细看墓碑上刻着的文字。

我轻声对身边的儿子说：现在有花葬、树葬，我百年后，你要把我葬在树下，让那棵树茁壮成长。

他点头。

青山不改，绿水长流。百年后，我们能留下什么呢。

2018 年 2 月 15 日

今天是 2017 年除夕。

父亲，跟以往的除夕不同的是今年没有了你。

父亲，跟以往除夕不一样的是，我们没有晚饭后小坐就匆匆回到各自的小家。

父亲，今夜我们围坐在客厅里，唠着家常，一起观看了一个近些年来完整的春节晚会。

看到小品演员的生动表演，我们依然会笑。但，心底深处已经缺失了一部分。

前几日，我找以前的老照片，我一直记得有一张小时候和父亲在长江大桥下的合影。

以前我放旧书旧物的柜子里独独没有。

会放在哪儿呢？

这时，母亲抱出了一个小纸箱子，里面都是小影集。

"你还把它锁着啊。"

"不锁不行啊，照片越来越少。"

母亲那本破损不堪的黑色老影集里，有些只有旁边的注解，照片却不在了。

母亲喜欢收集珍藏照片，她珍视它们。她的亲人，她的朋友，她的回忆，都在这本厚厚的册子里。

她有生之年，是不允许我们动它的。

我一本本、一张张地看，看着看着，那些离开我的亲人，她们的音容笑貌仿佛就在眼前。

我熟悉亲切的外婆，我的父亲，我的二舅、二舅妈，我的六舅妈，我的表嫂，我的表弟……他们都去了天堂。他们定会相聚在天堂。在那里，他们还是亲密无间的一家人。

在几本影集的最下面看到了我十几岁时买的那本小影集。里面是我保存的十几张小黑白照片。每张照片旁边我都写有旁白，那钢笔字可真丑。

我终于看到了那张令我心心念念的照片。

那时我一岁多。穿着花罩衣，剪着童花头，坐在长江边上的栏杆上，身后不远处是 1957 年建成通车的被誉为"万里长江第一桥"的武汉长江大桥。

我是母亲的第三个孩子。1970 年和父亲新婚不久后的母亲背着医药保健箱去了陕西白河三线工地。

那时工地上条件艰苦，冰天雪地。母亲和同房的未婚的女孩小谷都停止了月事。母亲以为是内分泌失调引起的停经，没有在意。

一天，两个人抬着一根刚伐下的大木头。母亲抬后面，没想到脚滑摔倒坐在了雪地上，母亲爬起来，拍拍身上的雪继续干活。

过了两天，母亲半夜肚子疼，她以为是痛经。黑灯瞎火的，母亲微微听到有什么东西落在了茅坑里。

第二天一早，房东气势汹汹地质问母亲和小谷谁小产了。我母亲才知道自己不是月经不调，而是怀孕了，昨夜掉落的是胚胎。

怕羞的母亲不敢声张，也不敢休息，依然去抬木头。所以后来从三线回到孝感后的第二个孩子也习惯性流产了。

母亲还珍藏着一枚大舅在 1962 年 5 月用一颗小钉子刻的印章，那印章是用一枚麻将骨牌劈成做的，印章上刻着：

长盼企，短欢叙，而今又别离。

这是能文能武的大舅送给母亲唯一留在世上的遗物。由于很多原因，大舅没有一张照片留下，连遗体都不知道被何人埋在了何处。

如今大舅在安陆的陵墓是个衣冠冢。里面埋着他和家人分离的时光里，不知道是用衣服口袋还是裤子口袋写给家人的书信布条。

　　我知道如今像母亲这样年年缅怀祭拜祖先和亲人的人越来越少，能好好对身边人就难以做到，还能奢望对过世的人心存怀念吗？

　　我也知道在浩瀚的宇宙，在如烟的历史长河里，个人的悲喜，如微尘，如沙粒，比鸿毛还轻还微不足道。

　　那我们记住这一切，我们想记住这一切，是为了什么呢？是血脉相传的家族文化，还是如今倡导的家风？抑或是为了永恒的真善美？

　　都有吧。

　　就像今夜，儿子静静地陪伴着我们聊天，看春晚。

　　去年的他可不是这样。

　　长大几乎就在一瞬间。他说：想念是在心里的。

　　早在两千多年前的《诗经》已有诗曰：

> 蓼蓼者莪，匪莪伊蒿。
> 哀哀父母，生我劬劳。

　　父兮生我，母兮鞠我。抚我畜我，长我育我，顾我复我，出入腹我。

　　我辈何以为报？！难以报啊。

一个人的咖啡

不知何年开始喝上咖啡，并爱上咖啡。我喝的是超市和淘宝都有售的雀巢速溶原味咖啡，不是小资和文艺青年在咖啡馆品尝到的爱尔兰咖啡或者卡布奇诺，也不是资深咖啡爱好者钟情追捧的用新鲜咖啡豆现磨的不加糖不加奶的清咖。好吧，我承认我是个伪咖啡爱好者。

爱上咖啡不过是爱自己的一种方式。

爱自己的方式很多。灯下吟诗，月下吹箫，对酒当歌，雪中寻梅，等等。都是爱自己的可行方式。

我们爱自己的肉身更要爱自己的灵魂。

肉身终将逝去，灵魂却不会老去。永垂不朽的不是肉身，是精神是灵魂。

就像我的男神，那个有着一双卧蚕眼、红了 30 年的刘德华。这个被国内媒体赞为"帅到灵魂"的写得一手好书法的男人，在行云流水的日子里，硬是将自己修炼成了香港精神的代表。我辈的男神。

他在最新的电影作品《失孤》里扮演一位 14 年来奔波在寻子路上的中年父亲，看到他一路心酸，一路艰辛，观者无法不动容。

周日午后，春风徐徐，室内的文竹绿意盈盈。这样的时光切不可辜负。我打开手提电脑，冲上一杯香浓的咖啡，点开

《失孤》。原谅我没有去影院观看，因为，这样的影片，这样的刘德华，一定要有热咖啡的陪伴，一定要一个人窝在沙发上看，若是要哭，也可以放肆地哭个稀里哗啦。然后，还有咖啡可以稀释抚慰我若有所失的伤感。

即便是男神，也在慢慢老去。时光对每一个人都是公平的。但老去时的姿态很重要，最起码不能难看。这就要看我们个人一生的修为了。但有一点毋庸置疑，简单真实好过装腔作势。

这样的午后，一杯咖啡，一部电影，一本小说，简单又富足，安然又平淡。

还有一部台湾小清新电影《等一个人咖啡》，是在一个春雨绵绵的午后观看的。起初，心情有点黯然，可是看着看着就笑了，那个身形高大的男孩，穿一红白相间的比基尼，踩一滑板，抱一棵大白菜，一笑便露出一排白牙和一对酒窝，你不会觉得他"娘"、他"猥琐"，你只会觉得他有趣、可爱。就像那个壮硕萝莉理查德·马格雷，他蓄着络腮胡，扎着双马尾，鼓起的肱二头肌和比基尼，粉红短裙和浓密的腿毛，这些与其气质相反的装束在他身上却出乎意料地和谐。

随着剧情的推进，我笑着笑着却有眼泪不自觉地溢出，滴到我手中的咖啡杯里。剧中每个人都在等待另一个人，有的等待是甜蜜的，有的等待是苦涩的，还有的等待是无望的，是回忆。就如同咖啡的滋味，无论是你调制的焦糖玛奇朵还是品尝到的拿铁，回味一定是悠长醇厚的，那是爱情的滋味，更是人生的滋味。这就是咖啡的魅力。

咖啡馆主人的角色是二十多年前的青春玉女周慧敏扮演的，她是一向挑剔的亦舒也不吝下笔赞许过的女人。师太果然眼光独到。这么多年来，周慧敏自自然然，美到现在。更是对师太的侄儿倪震不离不弃。情比金坚，也就是这样吧。

咖啡对我而言，不是一种饮品，它是一种情怀，一份温暖，一点依赖，一种诉说，一种相思，早已是生命的一部分，无法剥离。

一只猫的爱情

谁说一只猫没有爱情？

这只猫爱起来，惊天动地，不管不顾。

可泣，可赞，也可怕。

唐玄宗时期有一绝色美女杨玉环。倾国倾城的她生前集三千宠爱于一身。

连当时大唐的诗仙李白也为她挥毫写下千古名诗：

> 云想衣裳花想容，春风拂槛露华浓。
>
> 若非群玉山头见，会向瑶台月下逢。

唐玄宗特为她举办极乐之宴。可见宠爱之度。

第一次见到她的男人和少年也会情不自禁地倾慕她，爱上她。

一个女人美到这个程度是幸也是不幸。

可再爱再宠，当生死危险来临时，唐玄宗第一时间牺牲掉的还是最爱的这个女人。

哪怕是含着泪，吞下血，也只能掩面赐死她，让她独自饮恨马嵬坡，芳魂断于唐玄宗天宝十四年冰冷的十一月。

与爱情比起来，自己的生死才是最重要的。这是唐玄宗对玉环的爱。

而那位白鹤少年，却恰恰跟帝王相反。

因为年轻，因为纯真，因为无所求，也因为她是独一无二的美人。甘心以己之肉身鲜血来引出她所中的蛊毒，这才是置自己生死之外的属于年轻人的爱情。

而人到中年的男子的爱情呢，若爱，也是有所保留的，是莺歌燕舞时，是锦衣华服时，是万众朝拜时，唯独是不能共患难的、赴生死的。归根到底，是利己的。

当白鹤少年身中蛊毒身亡后，他的魂魄进入到那只御前的陪伴玉环长眠于墓室的猫身体内时会怎么样？

他即是它，它即是他。

他们依然深爱她。

他们陪伴了芳魂已去的玉环肉身三十年。

从青葱少年到风霜中年，在它心里，玉环没有死去，她只是安详地睡着了，她会在某一个明媚的清晨醒过来，她还是那个"回眸一笑百媚生，六宫粉黛无颜色"的温柔佳人。

它是个爱恨分明的人，同时它也是一只爱恨分明的猫。

它爱的人，深深放心里，从未忘记。

它恨的人，同样深深放心里，从未忘记。

它真是为了爱万分执着而不悔。

三十年后，垂垂老矣的唐玄宗卧榻七日，日夜不曾合眼，突然猝死。

为了解开这个死亡之谜，年轻的诗人白居易和从倭国前来大唐驱邪的空海法师开始了探询之路。

这时，他们发现了一只猫跟天子之死有关。

随之而来的还有接二连三的死亡，都与那只猫有关。

这不是一只普通的猫，分明是一只为爱而复仇的妖猫啊！

它把利爪伸向了那些曾经背叛了玉环的人和他们的后代。

它是一只众人眼里恐怖的妖猫。

只有三个人知道在它仇恨背后的那些与爱有关的故事。那

些大唐盛世关于生死瑰丽的故事。

一只猫尚且爱得如此情深，我们作为人类该如何去爱呢？值得思考。

于是，在唐宪宗元和元年（806），大唐的另一个大诗人白居易面对唐玄宗和杨玉环的爱情，感慨万千，写下了著名的长诗《长恨歌》，在这首诗的最后，他写下了千古名句：

> 七月七日长生殿，夜半无人私语时。
>
> 在天愿作比翼鸟，在地愿为连理枝。
>
> 天长地久有时尽，此恨绵绵无绝期。

如今，伟大的诗人已去，倾城的美人不再，只有诗人的诗还在。千年来唇齿留香。

千年之后，2017 年的年末，国内导演陈凯歌怀着对千年前盛到极致的大唐的向往之情和致敬之意虔诚拍摄的这部《妖猫传》上映了。

对于历史，我们永存敬畏；对于当下，我们决不苟且；对于将来，我们只有祝福。

银杏树下的爱

又到了银杏染黄时节。

作家须兰曾写过一部小说《银杏，银杏》。在 2009 年被国内女演员俞飞鸿钟情，改编制作成电影《爱有来生》。一部中国式人鬼情未了的故事。

俞飞鸿是国内女演员中鲜少露面，鲜少有绯闻，鲜少地美了多年的女神。她的美是灵动的知性的，是经得起岁月的风霜的。

俞飞鸿说：用自己最好的十年去筹拍一部电影，我自己都觉得太奢侈。

我们需要这种奢侈，需要这种执着。

只有执着了，你才会把全部的心思放在你要去做或者正在做的事情上。才会有了这部用干净唯美的画面讲述的一个发生在银杏树下的凄美动人的爱情故事。比小说原著还好看还感人。

故事是这样的：民国女子莫小玉和丈夫来到一座坐落在山上的小院，院子里有一棵千年银杏，小玉第一眼看到这棵银杏就爱上了这个院子。

小玉是个美丽温婉的喜欢穿月白色绣花旗袍的女子。她和丈夫恩爱有加。在丈夫外出教书的日子里，她种菜养花。一日，她刚泡好茶，一个穿黑袍的男子出现在银杏树下。小玉由最初的惊慌害怕到镇定地端了茶温情地邀请这位男子一起喝茶。

"你一直都在这儿？"

"是啊，我一直都在这棵树下等人，我们曾经约好的。"

"你要等的人还没有来吗？"

这位从银杏树里飘出的男子，没有回答小玉的问题，开始喝着小玉泡的茶，讲述一个发生在五十年前的故事。

五十年前在这个院子里曾发生过两兄弟和一个帮派之间的火拼，他就是那个弟弟。

哥哥在附近的山头安营扎寨，哥哥让弟弟识字读书，习武强身。自己为了报父仇，杀了仇人一家，在得知有个六岁半的男孩子逃跑后，想到自己的弟弟也是这般大，于是动了恻隐之心，放过了小男孩。

在哥哥和弟弟的相依为命中，弟弟长大了。在一个春日，弟弟下山打猎。在追杀一只野猪的过程中，他被一曲悠扬的箫声所吸引。循着箫音，他来到了一片青草甸，甸上的一块大石上坐着一位红衣女子。

这位红衣女子缓缓回过头，她的双眼那么亮，她的面容那么美。

她就是阿九。就是这人间的三月天。

这样的女子当然要抢回去。这就是宿命吧。

弟弟坐在阿九的对面专注地看了她一天一夜。她喜欢杜鹃，那么就让她的房间里遍布杜鹃。她却待他清冷，不苟言笑。

那日，看着美丽端庄的阿九，弟弟情不自禁地拿起画笔画下了深爱着的她。

可是他的种种痴情，温暖不了她，她对他只有一句淡淡的话："茶凉了，我再去给你续上吧。"

而这唯一的一句话却已令他兴奋得彻夜难眠。

动了情的人，深陷爱的人啊。

再炽热的情，再滚烫的心，面对的却是一个好像没有感情没有回应的人，也会心灰意冷吧。

在一宵欢爱后，弟弟情不自禁地从身后环抱住阿九，阿九暗暗长长地叹息一声，转身进屋，说："茶凉了，我去给你续上吧。"

弟弟伤心失望透了，他曾以为只要他努力，只要他掏出全部的心，她也会如他般爱他。可是，阿九不是这样的，他们的爱情不是这样的。他离开了山寨，来到一座寺院，想告别红尘，忘掉阿九。

可是，一颗冷却的心终究抵不过阿九日复一日的端茶送饭，执着相待。弟弟的目光重新有了温度，有了爱。他不再拒绝那一杯茶，一碗饭。

阿九，他的阿九也终于对他展露了笑颜，那山上盛开的杜鹃也不及阿九的笑容那般动人啊！

那是他和阿九的美好时光。

他读书写字，她在旁缝补衣服，两人相视而笑；他打扫院里落下的银杏树叶，她端来竹箕，两人相视而笑；在棋桌上，他执白子，她执黑子，两人相视而笑；夜深了，他送她回小屋，进屋前两人相视而笑。

如果时光就此停止该多么好啊。

可这一年的农历三月初三来了，一切都变了。

一场惨烈的复仇之战，阿九先他离开了人世。临死前，阿九凝视着他说：今生今世，我们所走的路都错了，时间不对，地点不对，来生我们再会，来生，我等你。

原来阿九是当年逃跑的六岁小男孩的妹妹，兄妹俩为了报仇，策划了这场美丽的相遇。只是，谁也没有想到阿九会爱上弟弟。

爱情有时候伤害的就是最亲密的人。

阿九先去投了胎，而弟弟错过了投胎时间，在这轮回道上已经待了五十年。故事讲到这里就快完了，弟弟看着小玉说："也许今生的她生活得非常幸福，我想给她的一切，她已经都有了，只要她是快乐的，这快乐是不是我给的，能不能等到她都不重要了。"

弟弟讲完了这个故事，最后深深地凝视着小玉，小玉喃喃道："茶凉了，我再去给你续上吧。"

弟弟闻之，左眼中先有泪滚下，继而闭上双眼，右眼的泪也滚滚而落。

看到这里，我无法不动容。

这时镜头回到阿九临死时，她叮嘱来生弟弟若不认得她，她就会说"茶凉了，我去给你续上"，"你便知，那人便是我。"

这时，小玉在厨房倒茶，耳畔回响着这句惊心动魄的"茶凉了，我再去给你续上"。倒茶的手，越来越颤抖，抖的茶水漫出了还不觉，她终于记起了她的前世，她是谁，她爱着的男子是谁，她一回首，她的前世阿九穿着新嫁衣正在老照片里如她这般哭泣着，她奔跑到银杏树下，找寻那个黑衣男子，她痛彻心扉地呼喊着弟弟的名字，一句又一句：阿明等等我。

可哪里还会有阿明的身影呢？

只有那棵千年银杏伫立着，默默看着这不可言说的伤痛，这人世的悲欢离合。

活在现世的我们，没有战争，每天看得到身边人的笑脸，嗅得到风中花的清香，听得到父母家人的叮咛或唠叨，摸得到爱人温暖的双手，吃得到暖胃的食物。

这何尝不是幸福。

冯唐说活着活着就老了。年轻时，我以为时光大把，可以任意挥霍，却不知，这世上，什么都不缺，唯独缺时间。我曾经以为还有无数个明天在等我，错过的人还有来世可以相遇，却不知，有些事来不及做，就过去了；有些人来不及等，就离开了。好在我明白这些时，还不算太晚，我还来得及过好每一天，认真对待身边的人，这种感觉真好。今生才没有遗憾。

这一天这一刻

今天下午儿子要回家。我们决定两点半出发开车去学校接他。

出发之前，我少叮嘱了一句：把导航弄好再动身。

一上路，他边开车边开启导航。他用的是苹果手机。

不知道今天手机是不是心情不佳，地图一出来就跳没有了，需要重新点击地图才出来，如此反复。

我说："算了。我们看路标走是一样的。"

"油不多，但跑50公里没有问题，我们可以路上加油，你注意看加油站。"

我心里已经开始对他翻白眼了，明知道今天下午要接孩子，油也不加满。

上了高速一会儿，一个岔路口出现在前面，我说："走武汉黄石方向不会错。"

"是右边吗？"

"没错。武汉黄石方向不会错。"

"你确定？"

"是的。"

"你把地图看着。"

"我看着啊，它老跑。"

去孩子学校，之前我们走过两条路线。一条是过军山大桥，从凤凰山高速收费站出口下去；一条是走三环线，过天兴洲大桥。我们走前者多些。

走了一会儿，前面又出现了一个白色的高架桥的标志物，我以前见过的。在这里，又有个分岔口。

在高速上，面对分岔口不能迟疑，怕影响到后面的车辆，但走错道也麻烦不好调头。

"走右边。"我肯定地说道。

"你确定？"

"确定。每次是你开车，你怎么不记得路？"

"我记得啊，但现在是冬天，路两边的景色变了。"

车窗外，是大片的黄色。树是黄的，田地是黄的，连在冬天难得出来的太阳也是黄色的。

"你没记错吧。"他问我。

"没错吧。"望着窗外不甚熟悉的景色，我底气不足。

走了一会儿，我问："怎么没有看到军山大桥。"

"走错了，走到三环线了。这条线路，我们只走过两次，两次都是依赖导航。"

更不幸的是，在三环线上遇到堵车了。

这一路上，没有看到服务区和加油站，油箱的油也不多了，这样开开停停，万一熄火在这儿怎么办？

本来就堵得厉害，万一我俩又造成新的交通堵塞如何是好。我一言不发，气鼓鼓看着窗外。

"不要紧，我可以打求救电话，拖车。"他安慰我。

这时，儿子的短信来了：你们怎么还没有到，没有出什么事吧？

我把手机递到他面前，"告诉儿子，我们出门晚了，不能让他担心。"

岁月忽已晚

"关键是现在要下去，找个加油站。"

他尽量往右边车道加塞，想突破重围，找到突破口。

"你等会儿看，车走动后，前面肯定什么交通意外都没有，就是单纯的堵车。"

终于可以通畅地开动了，果然堵车是因为变道。

找到了一个出口，下去后，不知道往左还是往右，我凭着女性的直觉，感觉要跟着前面的一辆红色轿车往右拐。

还真跟对了，前面的路边就有个加油站。

"这下放心了，就是再走错路也不担心了。"我暗自长吁了一口气。

加满油，问了加油小哥怎么上三环线，我们系好安全带，启程了。

走了一段路，没有看到小哥说的可以左拐的地方，正好前面有辆车拐向了左边。

他也要跟着拐。

"你别拐。"我赶紧阻止，"万一违章了怎么办。"

自从九月份在交警大队看到扣分单后，我就对除了直线行驶之外的任何驾驶动作产生了是不是违章了的怀疑。

而且，就在几步之遥的前方就是个十字路口。同时我也看到了路口前方左边处有三个警察在执勤。

他乖乖停下，等着红绿灯。

武汉的红灯好长，在等待的一两分钟里，警察叔叔可能太忙，没有发现我们的企图。

我们在十字路口拐向左边的一条路，开到可以调头的地方，上了三环线。

我们知道前方就是天兴洲大桥，离目的地不远了，心情轻松下来。

他重新打开车载音乐，放上他唱的歌。车窗外，就要落山的太阳半挂在空中，是橘色的，很美。

这夕阳就像人到中年的我们，抓紧时间活出生命的质感，抓紧时间感受与美有关的一切。

走到高新四路，离孩子学校不远了，我记得孩子的学校就在左手边，他的学校是个仿西洋建筑群。

不幸的是，在一个十字路口，我的"好像"和犹豫又造成了提前一个马路口拐弯了，一拐就知道错了。

"好了，我们一人错一次，扯平了。"他很高兴。

当看到学校大门的那一刻，我们的心情比以往的任何一次都激动。

回程时，天已黑。我们走的是老路线。这条回程路，我记得很清楚，上高速后，一直走左边就对了。

儿子说："我地图开着呢，你们放心。"

"你和儿子坐后面。"

"为什么不要妈妈坐前面？"

"她坐前面干扰我。"

"是你干扰我才对。"我嘀咕。

儿子告诉我有两个其他专业但对钢琴感兴趣的同学想跟他学习钢琴，已经试上了一节课。下周四下午就要正式上课了。

"好，自己的学习也不能放松。"

"你看了《寻梦环游记》没有？"我问。本来商议回家后看电影的，回家吃完饭估计也晚了，只能泡汤了。

"上周末去湖北经济管理学院看了。"

"一个人去看的还是和同学啊？"

"你问这么多干吗呢？"

"好看吧？"

"蛮好看的，九点多的高分呢。"

"你谈了朋友吗？"

他扭过头。"没有。"

"要主动，不要像你爸，当年上大学时被动。"

"你专心开车好不好，今晚的货车有点多。"我不想让他就女朋友这个话题讲下去。

"我的文章看了没有？我文章中的代晶就写了一篇《寻梦环游记》的影评发在省公司《文学天地》上。"

"看了的。"

"你把你这次去学习的事情好好跟儿子说说。"他又要扭头。

"我早就说了，边学习边汇报，还发了不少照片。"

"好啊，你又偷偷跟儿子聊天，不在群里面聊。"

黑暗中，我偷偷笑了。"有的话、有的照片不能让你看到啊。"

"你妈这次出去学习几天，回来气质变好了。那天晚上我去车站接她，老远就看到她拖着个行李箱，她没有看到我。她以前走路有点耸着肩。那天整个姿态是挺拔的，舒展的，气质变好了。"

虽然我嘴上不承认学习几天就可以改变气质，但心里还是甜滋滋的。

因为，他极少夸我。

就在前两天，他在我妹妹、妹夫面前数落我懒，经常不做家务，还夸张地说家里的灰有这么厚，当时他用两个指头在他们两人眼前比画了一下，那厚度我看清楚了，是十年没有人住才能积累成的厚度啊。

可这一刻，他在儿子面前对我的夸奖，抵消了他对我的一切数落。

"你爸想说的是读书可以改变气质，你要多读书，少玩手机，对颈椎眼睛也不好。"我趁机教育儿子。

"我知道的，但我不喜欢读书。"

唉，我叹气。这点儿子像他。

"你的专业需要人文底蕴啊，才能有丰富的情感和领悟力，才能弹出有情感的曲子。"

"相关的书籍我会看的，你放心。"

回程的路感觉真快，车过孝感东收费站，儿子情不自禁地感叹："每次回来，都觉得孝感的空气好好。"

是啊，这就是小城市的好，家乡的好。不仅空气好，街道干净，而且去城市的任何一个角落都不太远。

看着这城市的五彩霓虹，这霓虹中的无数个平凡的你我，正在无数个平淡的日子里努力活出真我，活出属于自己的小幸福小温暖。

这一刻，我有自己的小幸福。

真心真性无问西东

看《无问西东》这部电影时，观众几乎都是年轻人，两个小时零十八分钟，我的周围一直安静。

我想，观众中如果有感动的眼泪也是隐忍的吧。譬如我。

电影一开始是发生在当今的都市的故事。

年轻人张果果看着粉嫩的刚出生的婴儿，不禁发问：如果提前了解了你们要面对的人生，不知你们是否还会有勇气前来？

面对这个问题，我想答案无非两种：来或者不来。

但谁又能在知晓了答案后还是拒绝来到这个世上呢？人生是悲是喜，是乐是忧，是顺畅还是波折，是平淡还是绚烂，是富足还是贫寒，是安稳还是多难。我们都得心甘情愿，怀着真心，努力向前。

这部电影穿插讲述了发生在四个时空的六个年轻人的四个故事。

1923 年在清华大学校园里求学求知的年轻学生吴岭澜，文科极好却选择了理科，因为同学们说理科将来用处大。但他内心却是不快乐的迷茫的。幸运的是吴岭澜遇到了校长梅贻琦，面对困惑的他，梅校长真切地说：

"人把自己置身忙碌当中，有一种麻木的踏实，但丧失了真实，你的青春也不过只有这些日子。"

"什么是真实？"

"你看到什么，听到什么，做什么，和谁在一起，有一种从心灵深处满溢出来的不懊悔也不羞耻的和平与喜悦。"

真是与君一席话，胜读十年书啊。这些话语解开了吴岭澜心中的迷惑。

随后，吴岭澜聆听了来清华大学演讲的印度大诗人泰戈尔的一席演讲。

诗人面对满室着灰色长袍的莘莘学子、中华的未来，语气恳切：

"你知道你自己的文化吗？你们史册里最完善最永久的是什么，因此我竭我的至诚恳求你们，不要走错路，不要惶惑，不要忘记你们的真心和真性。"

吴岭澜看着演讲台上的那些目光笃定、从容自信的学者们，内心不再迷茫，坚定了自己今后的人生方向。

1923 年的中华民国。那个时代出过很多大师。以至于到今天还有无数个我辈在感慨在缅怀：为什么当今没有大师？

无法否定，那是个有情怀、有风骨、有个性的时代，无法复制。影片很好地再现了这一幕。

吴岭澜在清华校园中闭目雪中听琴的那副画面实在太美。充满了宋代美学之美。

1938 年 4 月，抗战爆发，这时北京大学、清华大学、私立南开大学从长沙临时大学迁到云南昆明，改称西南联合大学。

此时的吴岭澜已是西南联大的一名教师了。他的学生中有一名富家子弟沈光耀。

好啦，我个人觉得影片中最好看最热血最深情最感人的一个故事开始了。

就是这样一个英俊的好像无所不能的出生于广东的三代五将名门世家的光耀同学，让我几度落泪伤情。

岁月忽已晚

163

当时的西南联大有许多如雷贯耳的大师、学者、专家，他们在联大执教的 8 年为中国培养了大批优秀人才和专家。

我熟悉的大师有陈寅恪、梁思成、金岳霖、沈从文、钱钟书、冯友兰、钱穆、朱自清，等等。

他们如星河，永远在中国文化史上闪闪发光。照亮着你我。

历史不应忘记。

以往，在中国电影史上，展现西南联大的影片并不多。在这个故事里比较丰满地展现了西南联大的教师和学生的教学和日常生活。这些情节、细节深深打动着我。

当大雨来临时，落在简易教室的铁皮房顶上，雨声嘈杂，教帅学生相互听不清话语，这时，被雨淋湿了肩头的老教授落笔在黑板上写下：

静坐听雨。

一时，没有人语，只有雨声落在每个人的心上。光耀推开窗户，不远处的操场上，头发发白的体育老师正带领学生整齐有力地奔跑在雨中，他们无惧风雨，那么坚定，那么一往无前。

当日机空袭时，他们带着树叶编成的伪装帽坐在树下，坐在崖洞下，静听教师们授课，那笼白鸽安静地卧在旁边。求知若渴的心无惧日机从头顶掠过。

中华民族的文脉就是这么传承的吧。

在家和国面前，光耀听从内心，毅然选择了报国，决定报考飞虎队，飞上蓝天，冲向日机。

他是独子，且英俊聪慧善良。他的母亲深深明白，他一旦从戎就不会再回来了。她不得不含泪痛惜道："我怕你还没有想好怎么过这一生，你的命就没有了。"

看到这里，我这个年龄跟沈夫人相近的母亲，坐在银幕下面，同样泪流满面。

出自名门的沈夫人，比任何人都明白功名利禄都是幻光，她只愿儿子和喜欢的女孩结婚生子平淡生活。

不管在哪个时代，母亲的心是相同的，情感是相连的。

光耀驾机飞上了蓝天，他在云中翱翔，如一只大鹏，自由舒展，斗志昂扬，志向高远。

他知道自己此去将不复归。

他上机前的那一回眸如同他刚出场时的回眸，惊艳绝伦，令银幕前的我芳心大碎。

昆明的天空是那么蓝，那么纯净，壮士却一去不复返。

当年，多少热血男儿就这样消失在历史的长河里。

当年，多少爱国男儿就这样湮灭在时间的洪流里。

悲兮！壮兮！

当沈夫人翻看完儿子的遗物时，再悲痛，礼数还是要的。

这些细节，实在是令我觉得导演的真情可嘉，功夫做足。

1962 年，北京市第九人民医院。两个年轻的医务工作者王敏佳和李想。

一开始敏佳是喜欢李想的吧，可在那个时代，一心要去支边的李想，在革命群众错误批判围攻敏佳时，选择了逃避。

他的行为深深伤害了敏佳。

被众人殴打得奄奄一息的敏佳被赶来的初中同学、刚刚从清华大学毕业的陈鹏救下了。

而陈鹏，就是抗战时期生活在云南建水某村寨的孤儿，他一直都记得有位开飞机的大哥哥常常给村寨的孩子们投下救命的食物。那位大哥哥就是光耀。

陈鹏一直都爱着敏佳，爱到愿意做那个为她托底的人，爱到他带已经"死亡"的她回到家乡疗伤，爱到为她寄雪花膏，爱到原子弹发射成功后回家乡找她。

岁月忽已晚

而敏佳在那个风雨飘摇的年代，知道自己躲不过去，逃不掉，在死亡来临之前，她一定要见到陈鹏，告诉他，她要照顾他，她跋涉千里，独自走过高山、平原、沙漠，却错过了陈鹏。

那个陈鹏行走在深秋的落满银杏叶的清华园的镜头，美得执着而孤独。

看到影片的最后，我才明白，这四个故事其实是有因果关联的。那个曾经胆怯自私的李想若干年后在支边时牺牲了自己的生命，挽救了张果果父母的生命。

我想这是他的自我救赎吧，他终于做到了：逝者已矣，生者如斯。

而当代的张果果最终守住了良知，他选择了信任、宽容。

四个故事，六个年轻人，六种不同的人生。令人唏嘘。

他们的故事何尝不是千千万万个中华大地上热血儿女的故事。

他们用青春、用生命向我们诠释了：

只问自由，只问盛放，只问深情，只问初心，只问敢勇。

看罢，你我无法不掬一把热泪。

看罢，你我无法不自问：在我身上，有什么是可以骄傲地、大声地说出来的，当下的我又缺失了什么？

不管身处的时代是残酷还是美好，每个个体的不忘初心坚持真心才是民族的根本。

写至此，我想就用影片中的这句台词作为结束吧：

这个时代不缺完美的人，缺的是从自己心里给出的真心、无畏、正义和同情。

愿你我都能真心真性过好今生。无问西东。

166

种牙记

我的感冒和咳嗽终于好了，可以去医院拔牙种牙了。两个多月以前，一场小意外令我失去了上排的一颗爱牙，医生检查后说，只能种牙。可以即拔即种。

我拖延了两个多月，因为我不想拔掉，想保住它。在这两个多月里我认清到断掉的牙齿不仅影响美观，而且说话有点漏风，面对口齿不清的残酷现实，我必须同意医生的建议。

我跟医生约好上午十点去。

十点过五分，我还在办公室，我的手机响了。

"你怎么还没有过来啊？我的时间很宝贵的，我的时间跟你们不一样。你赶紧打的来。"

我正在喝水，我只来得及说了个"好"字，还来不及说更多，电话就挂掉了。我只好端着杯子就奔医院而去。

上到十一楼口腔科，一股暖意迎面而来，我本来情绪有些低落的，感觉到温暖后，就没那么糟糕了。

许是年龄的缘故。现在每次来医院，不管是自己看病还是探视病人，我都情绪低落。

"你迟到了半小时，这会影响到我的下一位病人。"

我不敢辩解，我其实是个守时的人。我今天迟到是因为早上班里开会，我对开会的时间预先估计不足。但我没有说，因为我确实迟到了。

我只好赔着笑说："对不起，耽误了您半小时。"

他的两个助手早已在种植牙室准备就绪，只等我躺上手术台。

助手递给我一个一次性的纸质护兜，让我围在胸前。然后拿着消毒棉仔仔细细地把我面部眉毛以下的部位，擦拭得干干净净。还有我的口腔。

然后助手拿着块手术单罩在我身上，只有嘴唇部位露着。

"你的手放好，不要摸脸上任何地方，你的口水我会帮你吸掉。"助手叮嘱。

不就是拔个牙、种个牙嘛，搞成这阵势，至于嘛。我的心这刻怦怦直跳。

不会有危险吧。我祈祷。

助手拿着麻药针在我的断齿周围分别打了几针。针打完了，医生来了。

"别紧张，一点儿都不疼，我做，你放心。"

我嘴巴里都是消毒水，我只能心里安慰自己不紧张。

没坚持到助手来吸，我还是吞了一点儿药水。

在拔牙种牙的过程中，因为打了麻药，是感觉不到疼痛的。但感觉得到有器件在用力地捣、挖、揪，那力道令我躺着的身躯往后缩，我怕把我的牙床捣伤了，我心疼我的肉体。

肉体和灵魂，哪个更重要？

突然，我想到了这个问题。

当我们的肉身满是伤痕或者残缺不全甚至没有了时，有些人灵魂却还在。这么看来，灵魂更重要，可以永生。

"已经快好了，在缝针。"医生安慰我。

好，终于快完了，我紧绷的神经松弛了下来。

松弛后，就感觉到上嘴唇是麻木的，拔掉的牙和周围的几颗牙全都又痒又麻又疼。

　　医生让我十天后去拆线。我谢过医生，路过一治疗室，有个幼童正在治疗床上蹬着幼腿，大声哭叫。他的亲人在室外等候，有个年轻男人说："伢太小了，算了，就让它烂着。"

　　当然不可以。我们的肉身一直在缝补。缝补它是为了在世时安心。

　　回到家，我把床头灯拧到最亮，拿出小镜子，一照，脸上遍布黄色碘酒的痕迹，空着的牙床里蜿蜒着几道黑色的手术线，齿缝里有血丝渗出。

　　这一刻，我要完整的肉身。

朱颜如许

是在 2013 年底吧，我写了一篇小文章投给了《湖北电力报》副刊。之前，我已有十年之久没有关注该报和写稿投稿。

那十年说我在虚度，毫不为过。

当时副刊编辑是一个叫胡成瑶的女子。我当然不认识她。

没过多久，我的这篇文章被胡编看中了，发表了。这对我而言是极大的肯定。

我心充满小欢喜。我重拾写字的小爱好。

当时我只加了她的 QQ。

读她的日志是我日常生活的享受之一。

原来她长这样啊。

原来她的文章写得这么妙趣横生啊。

原来她是恩施人啊。

原来她的孩子长得这么白这么像她啊。

很奇怪，从认识至今我一直对她生有敬畏心。虽然她比我小几岁。

我一直尊称她：胡编。哪怕后来成了朋友，我还是改不了口。

因为在我心里，她是我的良师益友。她的文章，她的为人在无形中引导我，让我情不自禁想靠近她，想成为她那样的女子。

2015 年 5 月 29 日，我终于有了个见到她的机会。

我清楚地记得那天，我穿了件淡橙色的长裙子，坐在云梦供电公司的会议室里静静等待她的来临。

我如同十八岁的姑娘即将见到心上人一样。紧张激动不安。

室外传来小喧哗声，我知道她来了！

顿时，我不知道该矜持地坐着还是该站起来迎接。就在我犹豫不定时，我听到了一声询问：陶晖呢？

我顾不了矜持，立马站了起来，转身，越过众人，向她走去，说：我在呢。

几个人中我看到了她，她向我伸出了双手，我握住她的手，不知道说什么好，她说：你的裙子好看。我竟然不好意思地笑了。

那天，她穿着一件大红色的蕾丝鱼尾连身裙，勾勒出她诱人的曲线，黑发白皮肤，戴着眼镜。

如果换个人穿这件裙子，我一定觉得俗气，但她穿着真好看，气质可真重要。

后来，她还在我面前穿过几款小红裙，还穿过一双尖头的小红皮鞋。

也只有她把红色在生活中穿出了美学。

再后来，我有了她的微信。我们很少聊天，我知道她很忙，我只关注她。

我们都是笑对生活的人。我们当然有痛，有悲伤，有眼泪，但我们不说。

我早就知道抱怨没用，发泄没用，伤害更没用。

但放下一定有用。

而且，生活里美好的事物和人更多。

今年，她推荐了一个公众号——"反裤衩阵地"给我们。

岁月忽已晚

171

我一读之下，好喜欢，也推荐给朋友。

当年我读到韩松落的文章，也是她推荐的。

这两个风格不同的才子，都是我的大爱。

好文章就是要分享，好文章就是要让天下人都读到。

人人悦之。人人爱之。

就像我的另一个朋友，每天都在朋友圈里分享他所读的书籍。这对他个人而言，是他的记录他的心得，是永久的读书笔记；对我们而言，这是在做一件福祉无边的事情。

我们读书、写作，首先是为了愉悦自己，其次能感染到其他人、感动到其他人、愉悦到其他人就是我们的福祉。

我们来这个世界上，不是来嗔、来贪、来痴、来恨的，是来爱的。

一晃，我已到了中年，而我的女神，也有四十岁了。

大胡，她们都这般称呼你，我也这样喊你吧。

我知道，对于内心丰盈的你而言，是无惧年龄的；对于内心自信的你而言，是无畏年龄的；对于灵魂有香气的你而言，任何年龄都是好年龄。

生日快乐。我心珍重甚琼瑶。

最好的自己

我不知道是黄佟佟的《最好的女子》在先，还是韩松落的《我们的她们》在先。不管谁先谁后，这一南一北的文坛雌雄双蝶写出了、写活了我们记忆中的女神们。在七零后、八零后的心中，林青霞、王祖贤、张曼玉、陈晓旭就是不折不扣的女神啊！她们见证着我们的成长，她们是永远的东方不败、聂小倩、小青和林妹妹。

我是先读到黄佟佟的文章的，恰遇朋友推荐韩松落的文章，因为他"写得更好，更精致"。

黄佟佟在为韩松落的《我们的她们》作序说：如果你跟我一样，是一个控张爱玲控亦舒控明星控八卦的人，你一定会知道韩松落——他是我们这个时代里最出色的明星书写者——不是"之一"，而是"最好"。

当我读到这里，内心有个声音在急切地说："是呀，是呀，我就是啊。"

张爱玲的文章我喜欢，亦舒的文字我钟爱，书柜里藏有88本亦舒在大陆出版的小说，我上网浏览的多是八卦新闻。可是，我怎么就忽视了韩松落呢？

好在，我读到韩松落的文章还不算晚，正是女人智慧最佳的年龄。

我73岁的老妈曾感叹：女人，要过了三十岁后才有智慧，

四十岁是女人智慧最佳的年龄，女人四十五六岁后就慢慢走下坡路了。

我不知这段话是老妈原创，还是她在哪本书里读到，然后有感而发。但我是深有同感，因为，去年年末，我又拾起笔，开始写字。

韩松落在为黄佟佟的《最好的女子》作序说：与其说这是一本关于娱乐和明星的书，倒不如说这是一本怀旧的书，关注女性命运的书。一本与爱有关的书，与我们的记忆、过往、成长、命运有关的书。

对于好的文章，我是害怕自己看得太快的。同样是写女明星，当红或红过的，但韩松落的视角不同，更有深度。真的是"最懂女人的男人"。

在黄佟佟的笔下，大美人林青霞是爱哭的，从一出道就开始哭；而韩松落开篇就写 51 岁的林青霞，新剪了发，在春日的街头，面对记者的镜头，灿烂微笑。

她和他分别写出了明星的两面。无论哭或者笑，都是真实的。我们都爱。哪个女人的生命历程中没有几次痛快淋漓的哭泣？哭过，痛过，照样前行、微笑。这样的姿态才是最美的。

黄佟佟说：他对她们，是真正地怜惜，真正地懂得。

这样的男人太少。她们是幸运的，在这个时代，还有人这样懂她们、爱她们。即使，她们老了，被风吹走，各奔天涯了，却还在我们的生命里、回忆里——

我想，我们这些中青年文艺控之所以喜欢黄佟佟、韩松落的文字及文字里的女子，是因为普通如我们，可以从中反观自己，悟出怎样在这俗世做最好的自己吧。

我相信，当黄佟佟、韩松落听朴树吟唱《那些花儿》时，脑海中浮现的一定是她们那些传奇。一定有泪隐隐落下。

思君令人老

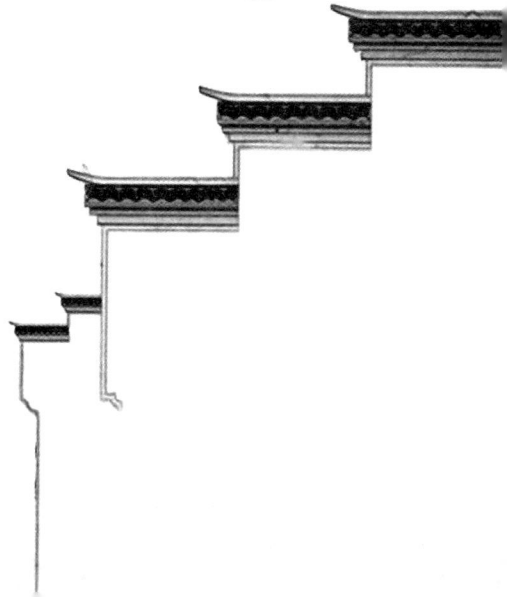

芳菲小姐

芳菲小姐，一袭新款的宝姿粉色连身裙，栗色的大波浪卷长发随着腰肢的摆动而在身后左右微动，银色的高跟鞋轻敲大理石地面，香风阵阵。不得不承认，芳菲小姐是迷人的。

墨镜挡去了周围或艳羡或妒恨的目光，芳菲小姐冷艳地款款上楼来到自己的办公室。

关上门，芳菲小姐迅速从手袋里掏出小镜子，摘下墨镜，仔细端详着自己：眼睛四周的青紫仍清晰可见；鼻子高直，两翼却肉薄，显得鼻孔略微有点朝上；皮肤白皙紧绷，可腮边无肉，恰似蒙着一张少有肉感的人皮。那是自己吗，还是另一个自己？

七年前，芳菲小姐刚从学校毕业步入社会，来自三线城市乡镇的她就认识到：女人要漂亮才能在这个男性主导的社会获得青睐。于是她便对外在的美进行了孜孜不倦的尝试和追求。她偷偷去割了双眼皮，这样眼睛更大了，看着你时，可以如一汪水。皮肤不够白，可以去美容院做美白，两天一次。每天还要在家敷什么补水保湿的、美白的、抗衰老的、平衡油脂的各款面膜。

真的是没有丑女人，只有懒女人。

很快，芳菲小姐认定自己是公司最漂亮的女人。流连在自

己身上的男性目光也越来越多，其中有两道目光让芳菲小姐内心窃喜，心如小鹿咚咚乱撞。一道目光是来自同事欧阳家明，他可是一干未婚女性心中的青年才俊；另一道目光则是来自高大帅气多金的老板。

芳菲小姐心中把两个男人放在天平上称了又称。论外形，帅如吴彦祖的欧阳家明更令自己中意；论谈吐，也是欧阳家明更得体。可他跟自己一样租房住，坐公交车上下班，吃公司二十元一份的工作餐，虽说是只成长股，可等到这只成长股变成白马股时，自己也人老珠黄。

女人的青春好时光就那么几年，芳菲小姐觉得自己等不起更挨不起。她内心的天平开始倾向丁已婚的老板。

这年头，那么多的小姑娘想出人头地争当小三，自己为什么不能呢？

所以，这天晚上，看着面前欧阳家明给自己买来的一份牛腩饭，芳菲小姐没有像以前那样感动、含情地看着他，而是轻轻推过那份油腻的用劣质塑料盒装着的二十元一份的饭菜，轻轻地说：我约了人吃饭。

不待他回答也不想看他此时的表情，芳菲小姐抓起手袋匆匆逃出了办公室。

是的，芳菲小姐今天晚上约了人，不是别人，正是老板，芳菲小姐也明白这一去就回不了头。

而此时坐在西餐厅的男主轻扣桌面，他对即将到来的芳菲小姐的心思了如指掌，尽在掌握中。他太了解芳菲小姐这类年轻又有几分姿色女孩的弱点了，女人只要爱慕虚荣，就容易搞定。

在红酒的微醺中，金光炫目，芳菲小姐脸红了又红，辨不清方向，成了落网的金丝鸟。

女为悦己者容，脸面最重要。芳菲小姐的人生从此只为一张脸而活。她的时间、金钱，几乎都贡献给了她的五官。在与男主的关系里，她不能有丝毫懈怠，她在他面前只能是漂亮的、年轻的，哪怕这漂亮也只是一张脸而已。

那天，与往常一样，芳菲小姐来到美容院躺下，享受小妹用进口精油按摩全身的快感，几乎舒服得要睡着了。

那是多么惬意的下午，仿佛小妹生命的活力在汩汩流淌进自己身体，谁让小妹没有大树可依呢？芳菲小姐暗自得意。

旁边一年轻女子接了个电话，那又软又嗲的腔调，让芳菲小姐很不舒服，恨不得把耳朵塞上。可，那女子一声马总，一下子令芳菲小姐睡意全无，她不禁竖起了双耳，翘起头，去看旁边那个正在发嗲的女子。那是个比自己年轻许多的女子，像当年芳华正好的自己。

芳菲小姐斜睨了她一眼，鼻子里冷哼一声，姓马的人多，那姓马的，如何能和自己的马哥比。

不巧，那女子不小心碰了免提，正是那熟悉的马哥的声音！

"好了，宝贝，那个黄脸婆如何能和你比？"

芳菲小姐气急败坏，再无心思躺在那里。穿好衣服，开着宝马迷你一路疾驰，冲到了男主的办公室。

门虚掩着，芳菲小姐没有敲门，一把推开，惊到了正在电脑前工作的男主。男主抬起头看是芳菲小姐，微皱了一下眉头，随即不动声色地问了一句：你怎么来了？

男主眉间的一丝不耐被芳菲小姐捕捉到了，她迟疑了一下，自己有什么资格质问他？自己和那个女孩有什么区别呢？

芳菲小姐冷静下来，马上把脸上的微愠转换成甜美的笑容，说：我刚才去逛街，看到一款衬衣好配你。说完，拿出手机里早就存好的图片递到男主面前。

好看不？一边用含情的眼光盯着男主。眼前的他也有四十多岁了吧，头发过早地谢顶了。

嗯，好看，买吧。他看着芳菲小姐，眼前这个女人跟了他快六年，他太了解她。

他就是这点好，花钱爽快，芳菲小姐当然不会只买这一件衬衣，她可是为自己看中了几件新款夏裙凉鞋呢，美容院的卡也要充钱了。都指望着眼前这个人呢。

敢在他面前发脾气？脑子积水了吧。

这之后，芳菲小姐对自己的脸万分警惕，决不能有一丝一毫的细纹、黑斑出现。但在岁月面前，谁能挡得住这把无情的杀猪刀呢？细纹还是悄悄爬上了芳菲小姐的眼角。

这是芳菲小姐决不能容忍的。她又偷偷去了整形医院，去除眼角皱纹。

当脸上的浮肿慢慢褪去后，芳菲小姐鼓足勇气站在了镜子面前。

这是七年前那个大学毕业时神采飞扬的自己吗？镜子里的那个她面目有些怪异，而且还有股戾气，这分明是个陌生人啊！

门外，明媚的年轻的如夏花般的女孩们传来银铃般的笑声，不知是谁惊呼：男神欧阳要结婚了，听说女方家境一流，人也生得美。还有一个尖厉的声音说：对啊，是天生的美，不是后天整的。

芳菲小姐下意识地紧咬银牙，十指泛白，想开门看看是谁在嘲弄自己。但一想，那欧阳家明，已是遥远的他了，跟自己有何干？

我没错。芳菲小姐喃喃，点开电脑，屏保自动弹出：林花谢了春红，太匆匆。

看到这行字，芳菲小姐眼泛泪花，扔掉键盘，却又转屏为：

行错路，步步惊心，却是今生误。

芳菲小姐再也忍不住号啕大哭起来。

在不经意的流年里，年近三十的芳菲小姐不仅失去了自己的容颜，更失去了自己的灵魂。

风继续吹

江小桐第一次看到思明，是在学校操场上。他瘦高个儿，一头浓黑的头发，边跑边笑，露出一口白牙，几个男孩子跟在他的身后起哄。

这时，一阵风吹过，他衣服后面别着的一张纸片被高高吹起，随风打转。转了几圈，竟然飘起来了，这几个男孩又开始在风中追着纸片，大呼小叫。

那年江小桐18岁。刚进校一个月。脸上还有着婴儿肥，一笑一对酒窝，长发及肩。

秋天的风吹过，风里隐隐有桂花香，还有那个男孩在风中笑意莹然的灿如星的一双眼。

学校不大，自从操场一见后，那个思明就好像无处不在了。小桐走到哪里，都会不经意地看到或者遇见。

偶遇多了，小桐心里不是没有憧憬的。可那个思明每次都是只匆匆看她一眼就挪开了视线，只留下嘴角的一抹微笑。

春日，小桐坐在香樟树下读亦舒的《玫瑰的故事》，忽然听到树后有轻笑声，一回头，原来是那个叫思明的男孩在对自己微笑。

原来，他的脸上还有青春痘啊。江小桐终于看清了思明的容颜。

小桐害羞地笑了。

思明走近了，俯下身，问：你在看什么书？

在四月的空气中，小桐闻到了思明身上的气息，好闻的如青草香。她不禁微微发昏，竟然没有听清他在问什么。

思明见她低头不语，便伸手去拿她手中的书。却不想，这时的小桐突然抬起头，一下子，他的手触到了她的脸。触手处，是她的惊呼。

这惊呼却是两个人情缘的开始。

五月，女生宿舍楼前开满了玫瑰。蜂蜜嗡嗡。在玫瑰的后面是思明和小桐相交在一起的五指。

思明的内心就跟耳边萦绕的嗡嗡声一样。这个像竹子一样玉立的女孩子，第一眼看到，就心生喜欢。

今天终于牵到了她的手，这双手他决定牵一辈子。

那是 1997 年 5 月。他们才 19 岁。

多么好的年代。多么好的年华。他们相遇相恋相知。真好。

那几年的江小桐是个发光体，令人过目难忘。

青春期的恋情虽然不被看好，但也算没有什么波折。尽管有些人的心分别为他们碎了一地。

毕业后，江小桐不顾父母反对随思明去了他的家乡。在小城里，小桐除了思明的家人同学就没有一个认识的人了。

两个人学的是会计专业，小桐一时找不到工作，只好在百货公司一楼临街租了个极小的门面，专卖来自云南的干花、挂饰类的小物件。

小城的人温饱都是问题，哪还有多余的闲钱和闲情来买这些小贵又不实用的东西。

生意自是清淡。

小桐守店的时间多半用来读了书。那段时光小桐读了许多世界名著。

思君令人老

思明回到家乡，简直如鱼得水，他豪爽好酒，他的初中、高中、大学同学，接踵而至，夜夜笙歌。

K 歌后必消夜喝酒。小桐对此深恶痛绝。这时才发现两个人有那么多的不同。可已经晚了，情根深种，江小桐没有回头路。

因为爱恋，故而结婚。哪怕爱已经生了怨。

只是不被父母看好祝福的婚姻多少是有些问题的。深谙人性的父母早就体察到他们不是一路人。

可女儿执意如此，也只有在外孙出生时接纳了思明，原谅了小桐。

思明工作的百货公司不景气，小桐只好同意他去广州闯荡。想来这就是命中注定的不安定因素。

小桐带孩子守店读书。春日的暖阳照在小桐的身上心上，空气里隐隐有青草香，看着过往的路人，小桐恍惚，以为这就是一生。

在外漂了两年，思明回家了。又开始了喝酒吃肉的生活。

一次酒后，争吵时思明失手打了小桐。看着熟睡中的思明，小桐想那个十八岁的在风中傻笑奔跑的男孩去哪儿了呢？如今，这个年近三十有点微胖的男人睡在身侧，却是最熟悉的陌生人。

随着城市改造，百货公司的店铺要关掉。小桐失业了。好在，没有多久，思明的同学介绍了一个会计工作给小桐。

命运是在这里转弯的吗？

同事有一中年男子，气质儒雅，几个月共事下来，他对小桐的欣赏爱慕是藏不住的，也不想藏。面对中年男子的款款深情，小桐无从躲避，只有辞去了工作。

只有小桐自己知道自己是多么喜爱这份工作。但她更爱思明。

小城太小，自有好事者把风言风语传到了思明的耳里，这些话扎在了思明的心里。一次酒后，猜忌的恶语冲口而出。小桐看着面目狰狞的思明，想：这是那个风中笑得头发丝都在发光的少年吗？

思明去找了中年男子。男子理直气壮地告诉思明，他就是爱小桐，并豪言：你不珍惜我来珍惜。

这么勇敢也这么无耻。他怎么可以这样。失去理智的思明动了手，把他打成了骨折，赔了一万元医药费。

此事成了当年小城的桃色事件。

因爱已生嗔。

这时小桐的父母退休回到了故乡武昌。两个筋疲力尽的人商议还是去武昌吧，困在小城只有更糟糕。

2010 年，他们来到武昌城。32 岁的小桐眼角已经有了细纹。

一切从头开始。

思明去了一家进出口公司。

小桐去了一家通讯公司。

两个人都已经没有力气争吵了。如何能在武昌立足生存才是当务之急。

那是他们最安稳的几年。他们逐渐有了自己的房子，小桐的脸上又重现了柔柔的笑。思明离开了原来的公司，自己出来单干，他仿佛天生就是吃这碗饭的。

渐渐地思明开始晚归。小桐知道他辛苦，常常熬了汤，等他回来一起喝。

一夜，在灯下，思明喝着喝着排骨藕汤就流泪了，怎么都止不住。看到思明的眼泪，小桐的心里都是疼，疼了后就是痛。想想两个人一路走来，怎么走着走着就变了模样，再也不是当

初的自己。

那天云淡风轻，空气里隐隐有桂花香。小桐却没有缘由地心怦怦乱跳，她坐立不安，总觉得有什么事发生了。打思明电话却是不在服务区。

那一夜，思明没有回家。他的电话一直都是不在服务区。

第二天，小桐头重脚轻地来到公司，却被领导喊去。办公室里有两个穿着制服的人，小桐双腿发软，浑身无力，差点儿当场倒下。她一直心慌的事情发生了。

生活堪比戏剧。思明出了车祸，同车的还有一年轻女子。

这样的事竟然发生在江小桐身上。

这个双目紧闭的中年男子头发早已经修剪成平头。曾经那么黑的眼睛再也不会看着小桐笑。

那个十八岁奔跑在操场的男孩，那个背后贴着写有"我爱江小桐"纸片的男孩，那个要执子之手、与子偕老的男孩还是残忍地撒手而去了。

2015 年的春天里，江小桐回到当年的操场，看着在风中奔跑的男孩们，还是湿了眼。

因爱故生伤，而这伤怕是江小桐一辈子的伤了。

后　来

　　明媚 18 岁时以为童话书里的"王子和公主从此过上了幸福生活"是真的。

　　明媚 28 岁时看到歌手刘若英坐在春天的花丛里气定神闲地唱"我从春天走来——想要问你敢不敢，像我这样为爱痴狂"的 MV 时，感叹这个气质清淡的女子心里一定有满满的爱，才能有这样纯粹的歌声。

　　那都是明媚的好时光。

　　可是，时光也容易把人抛。

　　当明媚步入 38 岁时，她明白了"王子和公主从此过上了幸福生活"只能存在童话里。而现实生活里的婚姻大多是千疮百孔，有着各自的不幸。

　　明媚认识知诚时正上初二，刚刚满 14 岁。刚转到这个班，因为个子不高，安排在教室第二排。就这样，她认识了坐在第三排的知诚。

　　知诚是个常常穿着白衬衣、深蓝布裤的部队大院男孩，走路昂首挺胸的，像个骄傲的小公鸡。他有着明媚喜欢的大黑眼睛和那乱草般的黑发和孩子般的笑容。

　　课间休息，知诚把课桌往前搬一步，正好和明媚并排，然后他开始讲《射雕英雄传》。

　　那时的明媚下课后偷偷看琼瑶阿姨的《彩霞满天》，何曾

知道金庸。是知诚让她知道了金庸和他的武侠世界。

他迷恋那个快意恩仇的江湖。她却开始对他迷恋不已。

他的白衬衣、蓝布裤在明媚眼里是多么干净整洁。

他孩子气的笑容在明媚眼里是多么可爱温暖。

他在 14 岁的明媚心里是个多么好看的男孩啊！

高中时，两个人分开了，知诚去了重点高中。明媚想写信给他，却无从写起，咬着笔帽，抓着头发，斟酌写下这句傻话：

知诚同学：你好！在学习的同时请注意身体。

正好好友要去那所高中找同学玩，明媚就托付她带去。剩下的时间，明媚无心学习，就在脑海里一遍遍想着他会是什么反应。

自习后，好友回来了，还带了一封知诚的回信。天哪，知诚的信呢。

明媚的心沉浸在巨大的喜悦中。那喜悦满满的，溢出来了，让明媚一整夜都在不厌其烦地向好友追问知诚收到信时的表情：他意外吗？他开心吗？他在笑吧？

年少的心是那么欢喜又不确定。

有了第一封信就会有第二封、第三封，整个高中时代他们就在书信中度过了。

高中毕业的夏天，他们携手去了青岛。

两个人都是第一次看到大海。明媚晒得黑黑的，却无比快乐。

在海边的夜空下，比星星还璀璨的是知诚的眼，而在那双眼里是人比花还明艳的明媚。

两个人幸运地在同一所城市上大学。热恋中的两个人一有时间就去江边看风景，或者牵手走过长江大桥，去逛商业街。

两个人各自走破了一双球鞋。

幸福的时光总是那么快。

2000年，知诚明媚结婚了。

刚结婚时，两个人甜得好似一个人，明媚的手总是被知诚牢牢牵着。

过了两年，孩子出生了。从蹒跚学步、牙牙学语，到撒腿欢跑，明媚一路在身后，知诚也陪在身侧。羡煞多少夫妻。

三十而立。知诚在这年被提拔为科室领导。他的生活开始变得忙碌了，加班成了常态，应酬也多了。

明媚是不喜应酬的。她的生活重心是以孩子为主，陪伴他的每一步成长是她最开心的事情，她不愿错过。

直到有一天，知诚经常会提到一个女性的名字，明媚才惊觉自己忽视冷落了知诚，自己的婚姻有些什么正在悄然发生改变，很微妙，但明媚还是感觉到了。

明媚苦恼地告诉了好友。好友警告明媚：这年头，什么事情都有可能发生。

明媚还是相信知诚的。他们是从14岁开始认识一路走过来的呢，哪能轻易就生了变故，成为人们茶余饭后的主角呢？

后来，明媚想起自己当时还是太天真。

知诚是个帅气的男人，又有一双桃花眼，自有桃花粘上来。他也不隐瞒，在一次夜归后，面对明媚夜灯下熠熠发光的双眼，他坦然相告。

他就是这点好，真实，不虚伪，哪怕坏也是坏在明面上。

明媚一向视为珍宝的爱情就在婚后第十年破灭了。

她以为她明媚是他知诚的唯一。

她以为知诚面对她们时会淡然处之。

她以为知诚会永不背叛。

哪知他们也是微尘里的芸芸，终不能免俗。

知诚明确告诉她，今生他只爱过一个叫明媚的女子，但他也需要来自她们的仰视爱慕。

那夜，明媚一夜未眠。

若纠缠，苦的累的是自己。明媚不要这样的自己。她也不能选择退出，她只能选择原谅和坚守。

在岁月的长河里，他们是彼此的初恋，从少年、青年，到如今的中年，他们一直在一起。他们曾经是无比亲密的爱人，如今就算是亲人，也是骨肉血相融的亲人。是亲人就分不开，哪怕已经生了嫌隙。

只要不分开，就还来得及。岁月还很长，他们还来得及去学习成长改变适应包容。

忽然之间

这是个有阳光的冬日。路旁的樟树叶闪烁着微光，公园里有精力旺盛的中年人在翩翩起舞。若槿走进市图书馆，图书馆里安静且冷清，与世隔绝。三楼外借阅处靠左侧的自动借阅机上，已经有个男人在操作，若槿走到右边借阅机，手指滑动，选择条目。

若槿是这座小城图书馆的资深借阅员，她喜欢这样的工作环境，曾经遗憾自己为什么不是图书管理员，可富拥万册书籍，清净之余，养心也养气质。

若槿操作完，恰巧左边的那人也操作完了，那人转过头来，看着若槿有几分意外，压抑不住惊喜，略夸张地说："是你。"

看着眼前的这张笑脸，若槿心说："是我，可怎么是你。这么巧？"在这座城市，爱好阅读的人不多，来图书馆的人时间又不一。眼前的这个人，若想遇见，概率怕是千分之一吧。只能说，命运安排有这样一次所谓的"邂逅"。

若槿只对他淡淡笑了一下，转身绕至后排书架了。那个人却跟过来，问："你是骑车过来的还是走过来的？"

若槿只好开口："走过来的。"

"我也是走过来的。"

千万不要说一起走。若槿在心里祈求，视线落在眼前的一本《致我们终将逝去的青春》上，有几分恍惚。

"那我先走啊。"那个人品出了冷意，对正在查找书籍的若槿招呼道。

"好的。"若槿心里暗暗松了一口气。

他们分别有十年了吧。却不想今天在图书馆里对面遇见。

这十年间，他们从没有联系，也不曾再见。仿若彼此消失般。没有刻意。

十年前，若槿刚毕业上班不久，女友新交了一男朋友，约在一起见面吃饭。就这样，若槿认识了他。

女友和他还在了解阶段，需要若槿的认可。那时，若槿以为男人就是大学里的遇到的男孩们，是比较热忱、坦率、孩子气的。

却不想男人这个物种，是女人永远不曾真正了解拥有的。

若槿不记得是哪天开始，他开始频繁地打电话给她。因为他是女友的男朋友，若槿没有设防，跟他聊她们自中学就开始的情谊。

后来呢，后来的事情，若槿这么多年都不愿回想，不想提及。因为他，她失去了和女友多年的情谊。这比跟他成陌路还让若槿难过。

女友对他并没有到情深阶段，可就是忍受不了他爱上若槿的事实。那时，她们都是长发及肩、眉目如画的妙龄女子。年轻的心、年轻的感情断不能容下一粒沙的闯入，哪怕自己没有心动。

那若槿心动了吗？这十年里，若槿也曾问过自己数次，每次，都是毫不犹豫地回答：没有。但若槿不能否认自己喜欢被他追逐被他喜欢的感觉。

那年他年近三十，成熟，风趣，体贴。是若槿从来也没有接触过的男子类型。这型，多年后被称为熟男。

哪怕后来女友遇到了真爱，一直幸福到现在，也没有原谅若槿。

有的事哪怕已过经年，若当事人不释怀、不原谅，人生哪能就此云淡风轻呢？

就像今天的遇见，仍在提醒着若槿：你年轻时曾经有过一段不能回首的时光。

当年的三人行，如今各成陌路，是谁的错呢？

若槿想终究是自己的错吧。虽然自己明确拒绝了他的爱意，但若一开始就与他保持距离，后来他们就不会因她而分手，从而导致三个人在此后的岁月里各自心伤。

若槿无法原谅当年的自己。

出了图书馆，却见他站在樟树下接打电话，看到若槿出来，他收了电话，走近她说：一起走走吧。

若槿定了定神，该面对的终究要面对。十年前，他们来不及道别就匆匆各自逃开。今日的重逢，就是为了对过往的告别吧，他们之间缺个好好的告别，哪怕这告别迟到了十年。

阳光正好，空气不错，岁月并不长，他们为什么不走走、不聊聊呢？

忽然之间，若槿放下了背负了十年的心灵包袱，原谅了当年的自己，也原谅了眼前年近中年的他。毕竟是：昨夜星辰，他夜风。

莉莉小姐

莉莉小姐款款走过来，她面容白皙，头发乌黑，一双眼睛闪闪发亮，身材修长。

走廊的几个男同志停下脚步，招呼她：美女早。莉莉小姐嫣然一笑，一步也不停留地拐进了自己的办公室。

坐到自己的座位上，莉莉小姐挺直的背一下子松懈了下来，上仰的嘴角也耷拉了下来。

面对漆黑的电脑屏幕，莉莉小姐忍不住流下了眼泪。

莉莉小姐四十有余。在这个地级市也算从小衣食无忧，生活顺畅。可最近莉莉小姐遇到了烦心事。

因为莉莉小姐爱上了一个男人。莉莉小姐自己也不相信在这个年龄还可以再次有恋爱的感觉。可，千真万确，真的是爱上了。这种感觉只在二十年前有过。

莉莉小姐想与人分享她的甜蜜和苦恼。可这私密的事情如何启齿，何况周围女人八卦的厉害性莉莉小姐可不想亲自领教。

那个男人，莉莉小姐只要一想起思起念起就眼含水，心难平。

那是怎样的一个男人啊！他简直就是莉莉小姐多年来梦中的那个他。

认识他，是从唱吧里听到他的歌声开始的。

有一种人，你只要听到他的声音，听到他唱的歌，你就会情不自禁地爱上他。

那个男人就是这种人。

莉莉小姐第一次听到他的《稳稳的幸福》就沉醉在这个迷人的有故事的声音里。每晚，听他的歌，是莉莉小姐临睡前的必修课。

他唱的歌很多，他也有很多照片穿插在歌曲里，他青年的样子，他中年的样子，无一不好看又顺眼。

莉莉小姐爱死了这款男人，也深知这款男人是女性的"毒药"。

前不久，在唱吧有位年轻女人跟他合唱了几首情歌。莉莉小姐酸涩不已，为什么不是自己，莉莉小姐有副好声音，但遗憾的是唱歌跑调。莉莉小姐多想能跟他合唱一曲啊，合唱的歌曲都想好了，就是那首《至少还有你》。可只能想想，想想。

那天，春意盈盈，莉莉小姐坐在蔷薇花丛中读到《越人歌》中的：山有木兮木有枝，心悦君兮君不知。不觉暗自神伤。

自己的一番爱恋，若被他知，会如何？

可自己从没有与他交谈，他的前半生自己一无所知，后半生也与自己没有多大关系。明白了这点，莉莉小姐心痛极了。

莉莉小姐不仅家世良好，而且又是那种洁身自好的女人。她有夫有子。前四十年过得平淡又安康。

尽管这个社会早就不是"只愿一生爱一人"的年代。身边太多出轨，爬墙，外遇。但莉莉小姐有自己的人生观价值观且一直坚守着。她为自己骄傲。

但自从看到遇到这个男人之后，莉莉小姐的信念开始动摇，她挣扎着，但她又不想成为八卦的主角，别人吐着唾沫的谈资。

可这份爱怎么办？自己的一颗心该怎么办？

莉莉小姐擦去眼角的泪水，起身冲泡了一杯咖啡，强打精

思君令人老

195

神开启电脑，今天的公事有几件急需完成，她不能为了一份无望的感情而挥霍时间。

可喝着喝着，还是有滴泪水落入了杯中。

莉莉小姐微妙的变化没有逃过一个人的眼睛。他默默在一旁看着她时而沉默，时而若有所思，时而烦躁。他不是别人，正是莉莉小姐最亲密的老公。

他认识莉莉小姐三十多年了。他俩从小在一个大院长大，又是单元楼里门对门的邻居。青梅竹马的他们的爱情婚姻是天注定的。

如今他俩在多年的婚姻中早已是相濡以沫的亲密爱人。她的变化他怎么会不知晓呢。

她要做梦就做梦吧。

她要爱就爱吧。

她要傻就傻吧。

她会醒过来的。他很笃定。

这天下班前，莉莉小姐接到了小学同学的电话，约她吃饭小聚下。莉莉小姐是不喜欢参加饭局的，但同学相约她不能推脱。

她一进包间，就看到了坐在餐桌中间的那个男人！那一瞬间，莉莉小姐以为自己花眼了，当她回过神来时，确信没有看错，正是他。他的模样早就铭记在心间脑海里千百次。

她顿时双颊微红，手发抖，腿发软，声音微颤。

原来他是小学同学的高中同学！这世界还真是小。他们相遇，不正是莉莉小姐所期望的吗？

真是饮食男女。他们的相遇竟然在这烟火酒熏之地。

席间，莉莉小姐很少说话，同学奇怪她今天的沉默，其实心里在暗自欢喜的她随口扯了一个头疼的理由。

一顿饭下来，她观察到真实生活中的他抽烟比较厉害，牙齿有点发黑，还有点爱抖腿，颇具酒量，风趣健谈。

期间，他们的目光有过短暂的相遇，莉莉小姐没有躲闪，微笑对视后，大方地告诉他：我听过你唱的歌，很喜欢。

他开心地笑了，那笑容让没有饮酒的莉莉小姐却如小醉般微微发晕了。

临别时，他们相互留下了电话号码。

莉莉小姐的生活又开始了新一轮的期许。因为他们已经是微信好友了，她可以从中知晓他的生活他的品性，哪怕只是旁观他的生活，莉莉小姐就满足欢喜。

旁观者，莉莉小姐琢磨着这三个字的含义，对呀，爱他不一定非要走进他的生活打扰他的生活，远距离的，一直在一隅，不失为良策。

想通这点，莉莉小姐多日来的痛苦烦恼仿佛减轻了大半。晚饭时不禁多吃了半碗饭。

老公问：好像心情不错啊。

莉莉小姐托着下颌，忍不住问：这些年，你爱过别的女人没有。

你终于愿意跟我谈论这个问题了。老公放下筷子，微笑着。

我当然对别的女人动过小心思，也有女人对我动过心，但那不是爱，我们之间才是。

面对老公的坦诚，莉莉小姐几乎就要把自己对那个男人的感觉倾诉出来。但手机不合时宜地响了，打断了她倾诉的机会。

手机来电显示是：家明。那个男人的名字。

在老公注视下，莉莉小姐按下了接听键，家明好听的声音传来：莉莉，明晚我请同学们坐坐，你有时间吗？

莉莉小姐看着老公微笑的双眸，微笑着说：好啊。

放下电话，莉莉小姐坦白：我同学的同学，一个长得好看又会唱歌的男人。

老公仿若洞悉一切，扔下一句：记住，已婚男女之间，没有真感情。钻进书房，打游戏了。

莉莉小姐冲着老公的背影嘀咕了一句：我们只是同学关系。

声音轻得莉莉小姐自己都怀疑这句话的真实性。

南方向南

南方拖着行李箱，终于在列车开动的前两分钟跑进了车厢，她松了口气。当她走到自己的座位时，她的心却揪住了。

挨着自己座位的那个人即使六年没有相见，她也记得他的模样啊。

她进退不得，而且头有点晕，她只好放好行李箱，在位置上坐了下来。

她没有看向旁边，也不想理会那个人是不是认出了自己。

随身包里正好有本蒋勋的《此时·众生》，南方拿出了它，装模作样地读起来。

你还是喜欢读书。一把好听的声音。是他特有的声音。

南方听到这个多年未曾听到的声音，泪差点儿涌出眼眶。

她咧了咧嘴，确认不会哆嗦了，才看向他。

是你呀。她假装惊喜意外，有点夸张。

是我。他淡淡地笑。岁月好像没有在他的脸上留下多少痕迹。他还是那样一副云淡风轻的模样。

而自己呢。南方不禁在心里感叹岁月对男女是有别的。尤其是对长得好看的男人分外留情。

看到他，南方犹如看到了六年前那个流着眼泪的他和自己。

这时她不想回忆的，这六年，每回忆一次，她就要流泪一次。

思君令人老

我眼角的细纹估计都是哭出来的吧。南方暗自自嘲。

六年前，南方和眼前的这个男人分手。

此去经年，没想到六年后意外遇见了彼此。

六年前，他们大学毕业，这个叫北方的男孩执意要去北京。而她不愿意离开家乡。

他们从初中就开始萌芽的感情，几年的你侬我侬，说分就分了，谁也不愿意妥协，而且那么决绝，这分开的六年，他们从没有联系也没有重逢。真的是相望于江湖。

如今，在这趟开往南方城市的列车上，他们却重逢了。

南方的目光落在《此时·众生》上，却一个字也读不进去。

她此时的心无法平静，心绪难平。

她承认自己没有自己认为的那么无情，可以无视他，忽略他，在他面前她还是不堪一击。

她有点恼恨自己。

她一直清楚地记得第一次见到那个叫北方的小男孩的情景。当年他转学到她所在的班级，老师安排他跟她坐在一起。

因为她的名字是南方，而他的名字是北方。

他当时有点羞涩地友好地对她笑了，规规矩矩地把双手放在课桌上，尽量不碰着她的胳膊。

课间时，她问他："你看过《大话西游》没有？"

他一双大眼睛好看又茫然地看着她说："没有。"

她不理会他了，转身跟后桌的同学讨论起至尊宝最喜欢的是紫霞仙子还是白骨精晶晶了。

那年她不过 14 岁吧，哪懂什么爱情呀。

回忆至此，南方有点苦笑，如今自己快 30 岁了，对于爱情就完全懂了吗。

虽然他们六年未曾谋面，可彼此的消息还是从昔日的同学那里知道了片言只语。

离开彼此的他们好似都还过得不错。

尤其是他考到了最好的大学读研，毕业后到大公司，找了个北京姑娘结了婚。

她听到后心里不是没有酸楚的。可又怎么样，当初可是自己坚决要分手的啊。

那年南方22岁，还是好年华，好到以为可以任意任性，连爱情都可以任性地说：分手吧。

你还好吗？耳旁是这个男人的问候声。

南方回过神来，合上书页，目光转向他，温柔地微笑着说：我还好。

这些年南方在家乡某小学任教。三年前，她报名去了广西山区某小学支教，这次她回家休假。

这些想必北方已经知道了吧。

北方看着眼前这张素颜，有一丝恍惚，眼前的南方眼神依然清亮，笑靥依旧如花，可还是有什么不一样了。

在她笑容背后，北方依稀看到了客气、疏离。

他们曾经多么亲密无间啊，他们坚信他们会结婚，还会有若干个可爱的孩子。

谁让自己执意要去北京呢？可父母亲此生最大的心愿就是自己能回到故土啊。

回到故土的自己却失去了南方，是自己把那个叫南方的姑娘遗失在了22岁。

当年高考，为了能和南方在同一个城市上大学，北方把数学故意做错了一道题。在老师和父母的惋惜声中，北方去了本省最好的大学。但北方不后悔。

　　南方知道后，流着眼泪使劲捶打着他，说："你傻呀。"

　　那时的他们真的是情比金坚。

　　那时的他们未来里只有对方。

　　可就在南方说出：我们分手吧。一切都变了。

　　北方坐在旁边一直很安静。

　　南方忍不住偷偷看了他一眼，原来他闭着双眼貌似睡着了啊。

　　他神情舒展身姿放松。两条长腿蜷曲着。

　　北方的眼睫毛很长，当年被调皮的同学取笑过，他的双眼皮也很深，也被同学质疑过是不是后天割的。

　　当年的南方最喜欢盯着他的双眼看。北方总是被她看红了脸。他就好在从不恼，再涨红了脸也让南方看个够。

　　南方说："我在你的眼睛里看到了我。"

　　真是两个傻孩子。

　　初中毕业后，两个人去了不同的高中。假期再见面时，北方的身高竟然一下子窜到 1.83 米。着实吓了南方一跳。

　　身高 1.6 米的南方不敢走在北方的身旁。但可恶的北方偏偏要挨在南方身旁走。

　　"你看看你把我逼到了哪里。"南方停下脚步，抬起头，娇嗔道。

　　北方一看，可不是嘛，南方已经走到了人行道的最边上了。

　　他忍住笑，一把抓过南方的手，拉近自己，得，正好在腋窝下。

　　南方的手在北方温暖的手中被紧紧握着，她挣脱不开，也不想放开，就让他握着吧。最好是一万年。

　　南方抬头看向北方，正好北方也低头看她。两个人同时含羞地笑了。

"记住，我在大学等你，你可要努力啊。"

这是许诺吗？南方看着北方期许的亮晶晶的眼眸，坚定地点了点头。

此后的学习时光，只要南方想松懈一下，就仿佛听到北方在耳边轻语：记住，我在大学等你，你可要努力啊。

有了这句诺言，南方学习成绩进步很大，高考时，如愿考到省会一所大学。

回忆至此，南方的眼泪实在没有忍住，就在这时，北方突然睁开了双眼，与南方的泪眼对个正着。

一时之间，南方愣住了，眨了下眼，眼角的那颗眼泪很快滴落下来。她看到了北方的眼眸中的自己，喃喃说："你没变。"

曾经的爱人啊，多年后，你的外貌没变，我的外貌却变了。你的感情变了，我的感情却还在。认识到这点，南方无法不悲哀。

她揉了一下眼睛，说："怎么有个小虫子啊，好讨厌。"

北方看着她，心里暗自腹诽：南方，你就装吧。腹诽过后，是心疼。但他什么都没有说。

南方看着他嘴角一丝不置可否的笑容，心想：我今天是怎么了？

车窗外是大片大片的绿色，令人心旷神怡，这是最好的季节。

南方却觉得没有自己支教的地方美。那里有高山，有溪流，有茶叶，有星空，有可爱的孩子们。

在那里的三年，令南方恍惚觉得自己前世就是那里的一草一木。它的贫穷、单调、清静、素朴，是红尘中不可多得的清欢。

即使烈日，山风晒黑吹皱了肌肤又有什么关系呢。

列车很快就到了终点站。南方去够行李箱，一只手已经轻巧地帮她拿下了那只蓝色的行李箱。

"谢谢。"

"不客气。"

他穿着蓝白条纹衬衫，站在过道里，如一棵清新的挺拔的良木。

再看自己，一双脏兮兮的球鞋，穿了几年的牛仔裤和白棉衫。南方不禁有一丝黯然。

一出列车，他们被裹挟入了人流中，来不及说再见，南方只看到了北方的背影，渐渐地消失不见。

过了两天，南方接到了一个陌生电话，是北方打来的。

他说："这是我的电话号码，你存着吧。"

我会打给他吗？看着这个电话号码，南方问自己。

南方拨打了好友的电话。电话一接通，她就在那边风风火火地说："南方啊，听说北方回来了，不走了，他的公司要向中部拓展，派他回来了。还有……"说到这里，好友突然压低了声音，"好像他个人生活出了问题，他老婆去了美国。"

"我遇到他了。"

"啊，你遇到了北方？"

"哈哈，旧情复燃了吗？"

"你不会对他当年执意要回故乡还耿耿于怀吧？我说南方，他当年也有苦衷，父母命不可违啊。"

"那，现在他为了事业可以违背父母的意愿吗？"

"我就知道你的小心肝会这么说，他父母去他哥那儿养老了，不管他了。"

这样啊。

想当年，自己对北方的决裂还是有一股狠劲的。

想当年，自己觉得北方对自己的爱还不够深，因为是他先要离开，即使是自己先开口说：分手吧。

想当年，自己还是任性了，结果是伤害了两个人。

一晃，山中教学的岁月又过去了一年。这一年也是南方支教的最后一年。

她有多眷恋山居时光就有多舍不得离去。

临走那天，她曾经的学生们站在山上那棵柿子树下送别她。

火红的柿子挂满枝头，如画如诗。

秋天的山是诗意的。

沿途那些熟悉的景物此刻在南方眼里却充满了离愁别绪。

南方几乎是一步一泪地走下山的。

回到城市，南方恍如隔世。在车站候车室，南方的手机响了，是那个存储着却没有拨打过一次的电话号码。

"南方，是我，我看到你了。"

南方又鼻酸了，她喃喃道："我不和有女友、有老婆的人交往，你知道吗？"

南方实在忍不住了，哭出了声。

"你站着别动，别哭了啊，不好看。"

放下手机，南方止住抽泣，看向四周，人群中，北方穿着一件灰色运动开衫向她大步奔来。

南方怔怔看着奔向自己的北方，有些不敢相信自己的眼睛。

他走近她，看着她认真地说："傻丫头，我现在可是单身。"

停顿了一下，他嘴角上扬："我北方也不是那种男人啊。"

他一把抓过南方手中的行李箱，说："走吧，要进站了。"

南方张大嘴巴："你怎么知道我今天回来，这个时间的？"

思君令人老

他神秘一笑，慢条斯理地说："慢慢告诉你，我们还有很多时间，我可以慢慢讲给你听我的故事，而不是由别人来告诉你。"

"你就这么有把握我想听你的故事，嗯？"

北方看到又开始娇嗔的南方，开怀地笑了。

他笑起来真好看，仿佛那个少年又回来了。

真好啊，人生如圆舞，他们在世事沉浮中，还没有遗忘丢掉对方，哪怕岁月的中间有过离别、伤害。该原谅时还是要原谅。该重逢时还是要重逢。该相爱时还是要相爱。该是南方和北方的宿缘谁也躲不掉。

霜　降

一

今天是霜降。

真是秋风秋雨秋煞人啊。

梧桐裹紧了身上的深蓝色羊毛开衫，往通勤车跑去。

梧桐在离家百里的变电站工作，已经二十年了。

变电站的设备换了一批又一批，值班员走了一轮又一轮，梧桐却还在这里。只是已人近中年，不复初心了。

梧桐进站时 18 岁，是头发丝都在发光的年龄。那时的梧桐白皙的圆脸庞，常常抿嘴含羞而笑。

变电站坐落在郊外，四周都是农田庄稼。梧桐一眼就喜欢上这里。她喜欢远处的炊烟，喜欢那地里挂着的沉甸甸的红的西红柿，绿的黄瓜，紫的茄子。

她休息时常常漫步在田埂上，夕阳的余晖照耀在这乡村的土地上，一切都是那么美好。

当年梧桐所在的班组有五个人。她年龄最小，也最喜欢看书。值夜班时，常常捧着一本书看得入迷。年长的同事从家里带来花生和红薯，扔进值班桌下面的电烤箱。在寒冷的冬夜，烤熟了的花生和红薯的香味是对值班员最好的慰藉。

吃的最香最多的是一个叫家明的同事。

思君令人老

那个家明，有一头浓密的黑发和黑亮的眼睛。

梧桐不敢直视他的双眼。怕被家明看穿了自己的小心思。其实，梧桐内心是喜欢看着家明的。他是那么好看，而且有一种迷人的味道。

后来和家明熟识了，家明告诉她："很多人说我像刘德华。"梧桐便凑近了，仔细端详着家明的脸，是有种说不出来的相像。

梧桐便有些小得意，觉得自己鉴赏帅哥的眼光不错。

人到中年后，我们回头再看当年的自己，还有当年的梧桐，是多么喜欢长得好看的男子啊。从而忽略了其他。

忘记了情根是在哪天深种的。或许就在那个冬天的夜晚，两个人裹着军大衣，一起去巡视设备。

深冬的夜晚，家明的双眼如夜幕上的星星，璀璨迷人。两个人忘记了寒冷，围着设备转了一圈又一圈，不知疲倦。

19 岁的梧桐的心里是暖的甜的，她觉得自己离家明又近了一步。

二

终于要回城休息了，几位同事相约着去七月家小聚下，有菜的带菜，没菜的贡献厨艺。那天，班里的五个人都到齐了，家明竟然带了一只活鸡。梧桐说自己会烧，可是不会杀。五个人瞪着面前哀哀鸣叫的土鸡，几乎要放弃，还是家明一咬牙，无奈地说："我来吧。"一脸英勇就义的表情。

家明系着七月的围裙，头上戴着不知道从哪里摸出来的一顶旧军帽，挥舞着菜刀，叫嚣着："我要开杀戒了，闪开。"那模样实在是令梧桐大乐。

梧桐在家只帮妈妈炒过青菜，做红烧鸡还是第一次，但当她端上这盘菜时，竟然获得了一致的称赞。

"这酱香，这色泽，你是不是培训过啊?"家明问还在厨房炒青菜的梧桐。

"没有啊，只是看我妈妈做过。"

当最后一盘滑藕片端上桌后，红烧鸡的盘子里只有几块爪啊皮什么的。梧桐看到自己的菜这么受欢迎，虽没尝到嘴里也开心。家明递给梧桐一个小瓷碗，里面有一只鸡腿，还有两块鸡脯肉，"给你留的，虎口夺食啊。"

梧桐接过瓷碗，心里甜甜的。

吃过饭，家明和大星摆开了围棋盘，梧桐和七月看电视。不知是什么频道在放周星驰的电影《大话西游之大圣娶亲》，看着看着，梧桐被吸引了。

剧中至尊宝含泪说："曾经有一份真诚的爱情摆在我面前，但是我没有珍惜，等到了失去的时候才后悔莫及，尘世间最痛苦的事莫过于此。如果上天可以给我一个机会再来一次的话，我会跟那个女孩子说'我爱你'。如果非要把这份爱加上一个期限，我希望是——一万年!"

看到这里，梧桐不由自主地看向家明，却发现家明也正盯着电视机看着这幕，看到梧桐看着自己，家明的双眸炯炯。

梧桐赶紧转过头，心咚咚直跳。连家明走过来坐在自己身旁都不知道。

好半晌，梧桐才敢开口："你怎么不下棋了。"

"这电影多好看，下棋没意思。我喜欢周星驰。"

"可不是嘛，紫霞仙子又俏又美又动人又勇敢。只是，她的盖世英雄来得太晚了。"

梧桐正在为紫霞仙子难过，家明悄悄地说了句："等会儿我送你回家。"

霎时，梧桐心里乐开了花，自然界中花开的声音有 10 分贝，而梧桐此时心里花开的声音有 80 分贝。

连紫霞仙子的离去也没有那么伤感了。

那天晚上有雾，很大的雾，雾中只有他俩。坐在家明自行车后座上，梧桐紧紧抓住家明外套的下摆，觉得好不真实。

家明刚刚告诉自己，大学时和高中一同班同学谈过恋爱，毕业后，女孩留在省城一家银行，就在江汉路上。梧桐知道这条路，小时候父亲曾经牵着她的手走过多次。很繁华，路两旁的建筑物很漂亮。

"我不可能调过去，我是独子，她也不愿意回来，只有分手。也可能是我还不知道什么叫作爱，不懂爱，也不够爱她。"雾色中，只有家明的声音。

"你知道什么是爱吗？"

"我啊，我——"梧桐迟疑了，我知道什么是爱吗？我只知道自己爱这个男孩，我听到了自己花开的声音，这不是爱是什么。

一直到现在，梧桐也觉得自己无法好好回答出什么是爱。爱有多种，爱又会随着时间、心境的变化而变化。没有肯定的标准的答案吧。

但 20 岁时的梧桐一定是爱着家明的。

而且，我们都是经历过世事才明白年轻时的爱情模样是和婚姻后的不一样的。

三

再长的路都有尽头，哪怕梧桐希望这条路再长一点儿，哪怕这雾色如此迷人，还是到家门口了。

家明单腿支地，等梧桐下车站稳后，调转车头，温柔地说：

"快进去吧，晚安。"

梧桐这一刻确信自己没有看错，就在此时，夜色中面前的家明是温柔的。

这说明什么，说明家明对自己也有好感也喜欢自己啊。梧桐心里又乐开了花，她一直看着家明的身影消失在雾色中，才恋恋不舍满怀心事地进屋。

这真是美好的一天。

第二天，梧桐忍不住把心事告诉了好友。

"我不够漂亮，家明肯定喜欢漂亮的女孩。"梧桐很苦恼。

"说不定他不会以貌取人呢，你也有优点啊。"好友宽慰道。

每个女孩子年轻时在心仪的男孩面前大多是不自信的，梧桐也不例外。

可家明这么帅，一定要漂亮的女孩才配得上吧。

虽然家明向自己袒露了他的一些往事，那也不能说明什么啊。梧桐一颗年轻的心就这样起起伏伏，忽喜忽忧。

时间从不会因为任何人的志得意满或者伤春悲秋而停留，它的步伐只会一直向前。我们只能身不由己跟着它走向不可知的前方。

一场冬雪毫无征兆地扑面而来，梧桐裹紧了军大衣，看着这近乎白茫茫的一片，缩了下鼻子，同时也把眼眶里的泪水缩回去了。

我不哭，我又没有失恋，我哭啥。梧桐不由加快了步伐，穿着单薄的大星走在旁边，边哆嗦边说："这台设备开关的声音怎么有点不对劲啊。"梧桐停下了脚步，把个人情绪放到了一边，专心和大星一起检查这台设备。

就在一小时前，今天的上班路上，梧桐得知家明调走了。

当七月告诉她这个消息时，她的内心顿时难过大于意外。

他为什么没有告诉我？他为什么就这样悄无声息地离开了变电站？为什么没有告别就离开了自己？

检查完设备，大星看着梧桐的双眼说："班长调走了，你是不是很难过。"

梧桐睁大了眼睛，吃惊地看着面前高高瘦瘦的大星。

她没有想到，大星直截了当，毫不留情地戳穿了自己的心事，她有些恼羞成怒，又有些无力，她到底是皮薄，还是没能忍住眼泪。

大星转过身，让她哭，站了一会儿，说："时间到了，要上去写记录了。"

稍微缓过情绪的梧桐和大星一前一后走在雪地里，她踩着大星的脚印，一步一步走回了值班室。

过了这个新年，梧桐就 21 岁了。

初三，家里意外来了个客人，是好久不见的家明。梧桐的妈妈对于这个从没有见到过的男子有些意外，热情地招待家明吃酒酿圆子。

梧桐更是手足无措，她不知道家明怎么会想到来看她。

家明说："我来找你借本书看看。"

是这样啊。

家明在梧桐的书柜里找了本贾平凹的《废都》，就告辞了。

梧桐妈妈让梧桐送送客人，叮嘱家明再来玩。

院子里的小孩子在放小鞭炮，地上不是鞭炮屑就是瓜子皮、糖果纸。

家明说自己过了好久才适应新岗位，自己也挺想念在变电站的日子。

是啊，那时候的他们在栀子花开时乘着夜色的掩护去田里偷摘毛豆,洗了煮着吃;室外虫鸣声声,七月带的花生烤了特别香,他们四个人一人一本书围坐在值班桌旁,吃着花生,看着书,食堂做饭的小师傅上来拿餐盆,看到他们认真的样子,羡慕得很。

"是啊,你们都在看专业书,就我在看小说呢。"梧桐不好意思。还有一句话梧桐没有说出来,她也在偷偷看他。

其实他们都不知道真实的一幕是这样的:家明看书,梧桐偷偷看着看书的家明,大星偷偷看着看书的梧桐,七月偷偷看着看书的家明,家明呢,他也在偷偷看着看书的梧桐。

而一旁的老师傅心知肚明地看着他们四个人,心里在感慨:这就是青春啊。

四

这一年的春来得比往年早。

才三月,已是春意融融。梧桐穿上了灯芯绒的碎花背带裙和球鞋,和同学出发一起去邻省的鸡公山郊游。

对于远游和远方,梧桐一直心向往之。虽然河南省不算远,但对于常宅在家的梧桐来说,充满了不可知的喜悦和神秘。

山上的夜空美得令人沉醉。坐在月湖边,微风轻拂,树影婆娑,梧桐凝望着繁星点点,不禁想起了那个她和家明一起凝望星空的夜晚,如果家明此时也在身边一起看星星该有多好啊。

想到家明,梧桐想起了七月告诉自己的关于家明的八卦。

"我看到家明的女朋友了,嘴巴涂得猩红。"七月边说边用手指比画下唇。

梧桐有点不相信。但这也不是没有可能,因为家明身边一直不缺风月。

只是这些风月从来都和梧桐没有关系。

思君令人老

思及此，梧桐有点伤感。

也不知道那本书家明看完没有。他真的是来借书看吗？在一起上班那么久，也没有见他找我借本书看。

肯定是个理由。

梧桐不敢肯定那个理由。

青春时的我们一颗心总在肯定和否定中反复，那些甜蜜，那些心动，那些酸涩，那些期待，那些苦恼，那些忧伤，那些美好，充满了青春的音符。

第二天凌晨，梧桐挣扎着早早起来，来鸡公山最重要的事情就是为了看日出。决不能辜负这春天的朝阳。

和同学们爬到最高顶找了块大石头坐好。周围看日出的人不少，多半是年轻人。

还有人裹着军大衣。看到军大衣，梧桐不禁有些恍惚。

"快看，太阳就要出来了。"好友兴奋地指着前方。

后面传来一阵欢呼声，梧桐怀疑自己的耳朵，分明有家明的声音！

这可能吗？

梧桐不敢肯定地回头寻觅声音的方向，就在梧桐的身后二十米处，几个男孩站在一块石头上面，豪情满面，其中那个敞开外套、穿白 T 恤蓝色牛仔裤的黑发飘扬的男孩不是家明又是谁？

梧桐不敢再看，赶紧转过头，一迭声地说："我看到他了！"

"你看到谁了。"

"家明。"

好友一听，也马上转过头去。

这时，前方的太阳猛然跃出地平线，真的是：

忽见朝霞吐海东，天鸡初唱五更中。

未收夜色千山黑，渐发晨光万国红。

山峰上的人群全都欢呼雀跃不已。

梧桐也欢呼起来。这欢喜这欢呼只有自己知道不仅仅是为了日出。

下了山顶，梧桐遇到了家明，梧桐毫不掩饰自己的意外和惊喜，说：

"你怎么也在这里，好巧。"

相比之下，家明倒是比较淡定，说："我前天去找你时，你妈妈告诉我你来这儿了。"

原来如此。

接下来一句，惊到梧桐了。

"生日快乐。"

梧桐惊呆了，眼泪就要夺眶而出。

"你怎么知道？"她傻傻的。

家明看到梧桐的样子，开怀极了。他要的就是这啊。

"以后告诉你。"

这时，和家明一起的一个男孩跑过来，把一把花塞到家明怀中，坏笑着说："都蔫了。"

可不是嘛，这束花，已经失去水分，精神有点不振作，可这有什么关系。因为，这是家明在来时的山路上采摘的。

"送给你，生日快乐。"

望着这束来之不易的美好的花，梧桐忍不住要哭了，原谅年轻的他吧。

但她马上就笑了，怀抱着这束花，给了家明一个 21 岁的最明媚的笑容。

谢谢你。谢谢今天这个美好的日子。我们在今天相遇不是

思君令人老

215

缘分又是什么。

就在这个时辰这个山顶，我们没有早一步也没有晚一步。没有比此时更美好的事情了。

原来我们都在这里。

五

下山的路上，梧桐几乎在奔跑，这白云蓝天，青山绿水，跟来时已经不同了，不同的还有梧桐的心情。

梧桐感觉到从今天开始她和家明之间有什么要发生了。

她的裙裾飞舞在阳光下，黑发飘扬在春风中，她像个发光体，闪耀在三月的青山间。

又是夜班。巡视完设备上来，七月已经煮好了白粥。大星早就端着大瓷碗，守在一旁。

电话响了，正在伏案写巡视记录的梧桐，单手提起话筒，竟然是家明的电话。

梧桐的脸不自觉就红了，她稍微镇定了一下，确定脑袋没有发晕，才开口说话。

电话里家明的声音好听极了，是黑夜里突然来临的天籁。

他们不知不觉竟然聊到了半夜一点。话筒发烫，梧桐的脸颊也在发烫，大星轻轻敲了一下桌面，指了指挂钟。

梧桐这才发现到了巡视设备的时间。

他们不得不终止聊天，互道晚安。

又是一个有星星的夜晚。这人间的四月天，多么美好啊！走在设备中间的梧桐预感到她和家明将会有很多个一起看星星的夜晚。

值班的最后一天，梧桐正在主控室内写交班记录，值班室大门突然被人拉开，一个人的脑袋探进来。

接着是七月故作夸张的声音："领导，你怎么有空来了。"

那个"领导"咧嘴一笑，笑容迷人，眼睛看着梧桐说："我来有点事。"

梧桐瞪着他，忘记了下一步该写下什么。家明闲闲坐下，陪着老师傅说着话。

梧桐在他的目光下故作镇定，面无表情。

家明，你可是为我而来？

直到家明离开了主控室梧桐才暗自松了口气。

却不想，家明又探进脑袋，冲梧桐招了招手。

梧桐看了一下周围，没有人注意到这一幕。她跑出室外，家明小声问她："晚上有时间吗？我们去看电影？"

顿时梧桐双腿发软，心中猛的一热。含羞地轻轻点了一下头，说："好。"

看着家明欢快地跑下楼梯，梧桐兴奋地原地转了几圈。

之前一直肯定又否定、否定又肯定的感觉终于因了这句"我们去看电影"而要呼之欲出了。

梧桐怎么能不欢喜，她为这句话从夏等到冬，又从冬等到春啊。

回到家吃完晚饭，梧桐换上白色丝质衬衣、冰蓝色棉布长裙就开始等待。她看着镜子中的自己：双颊微红，眼睛发亮，嘴角含笑，青春动人。

家明也穿着一件白色衬衣、一条蓝色牛仔裤骑车而来。

再次坐在家明的自行车后座上，好像那个有雾的夜晚就在昨晚。

他们中间仿佛不曾隔着几个月的光阴，隔着季节的转换。

突然，梧桐感到一股很大的力量拽住了她，她不由惊呼出声，自行车的后轮这时也转不动了。

　　原来是梧桐的裙摆卷进了车轮里，家明马上下来，把自行车向后退行，退了几步，裙摆扯出来了，可也铰破了一个洞。

　　家明忍不住哈哈大笑，梧桐也觉得自己刚才的惊呼过于紧张了，也不好意思地笑了。

　　多年后梧桐已经不记得那晚她和家明看的影片的名字，但这一幕刻在脑海里，没有忘。

　　没有忘记的还有，从电影院出来，走在寂静的街道上，家明说："我发现自己绕了一个大圈子，你愿意做我的女朋友吗？"

　　梧桐不敢看家明。

　　"你愿意就点头。"

　　梧桐没有点头，她看着比星星还明亮的家明的双眼说："我很普通。"

　　"我就是喜欢你的普通。"

　　"我适合你吗？"

　　"最适合。"

　　"我接受了，就会是一辈子的。"

　　"这也是我要的感情。"

　　"我有许多你或许不能容忍的缺点，你会很失望。"

　　"我不会失望。"

　　"我害怕。"

　　是的，惊喜过后，梧桐内心确实有点小害怕。

　　她怕什么呢？

　　怕家明？

　　还是怕生活？

　　抑或怕自己。

　　多年后，生活给出了答案。

六

找了个挨着窗户的座位坐下，梧桐看着窗外熟悉的景物，看着这纷纷飘洒的秋的细雨，还有车窗玻璃里的那个妇人，心里一阵悲伤。

不知道从哪天开始，梧桐和家明之间开始冷战。

明明是别人眼中的一对神仙眷侣。

当然，张爱玲很多年前就说过：生命是一袭华美的袍，爬满了虱子。

我们随着时光的流逝，个人的成长，或多或少会有如此感受和体悟。

这回家路上的风景，梧桐已经看了将近二十年了。想到这年数，梧桐就觉得可怕，人生能有几个二十年，可梧桐最好的二十年的一半时光就是在这个220KV变电站度过的。

这二十年里，七月调走了，大星调走了，老师傅退休了，站长也换了几任。只有梧桐一直在这里。

梧桐和家明为这也有过争吵，不是梧桐有多热爱这个岗位，而是梧桐清楚地知道自己适合什么岗位。而且，梧桐不喜欢去拜见领导要求调动。

领导轻飘飘的一句"大家家里都有困难"就会令梧桐止住还没有说完的话。

她不喜欢为难别人，所以就只能为难自己，为难家人。所以，二十年就这么过来了。

二十年也很快，快到让梧桐记不住那些曾有过的发生过的情绪和事情。有些是遗忘了，有些是自动过滤或者屏蔽了。

梧桐愿意自己记得的只是那些美好的事物和人。时间有限，记忆有限，心的储蓄有限，所以只能留存好的美的善的。

那个表白的夜晚之后，第二天家明就出差了。梧桐一天在家坐立不安。终于大着胆子拨出了家明家的电话号码，梧桐的一颗心也随之提到了喉部，就快要从口腔里跳出来。

接电话的是个有点苍老的女声，梧桐提着的心放下了，但又失望得很。

熬到了夜晚，家明音信全无。

家明怎么了？是不是我昨天晚上没有答应，他生气了？改变心意了？

梧桐在猜想中终于睡着了，度过了备受煎熬的一天。

第三天晚上，家明出现了。看到家明的第一眼，梧桐一颗心有了着落。

再听到家明的第一句话：我昨天出差了，很晚才回家。什么生气啊改变心意啊，都九霄云外了。

两个人走在路上，家明把手伸向了梧桐，梧桐没有退缩，也把手伸向了家明。

家明的手干燥温暖，握着感觉很舒服。

"我记得冬天上夜班时，你穿着那件蓝色军大衣，靠在椅上，专注地看着书，双手修长白皙，像个女知青。"

那件军大衣是梧桐母亲给她的。它曾经陪伴过母亲度过无数个夜晚。

"像个女知青？这个比喻可够特别的。是不是感觉特上进？我记得有次你批评我，说我心不在工作上。"想到这儿，梧桐忍不住哈哈大笑。

"你怎么知道我心不在工作上。"

"我猜的。"

"你乱猜。"

"那谁的心在工作上。"

"大星啊，你没见他很勤奋用功。还有七月。"

"他们是不得不用功，因为他们志不在此。"

"你不笨啊。"

梧桐有点小慧黠地笑了。

七月和大星是很好的同事很好的朋友。他们平易近人，质朴好学上进。梧桐自问不及他们的四分之一。

一个夜晚就在他们的说说笑笑中过去了。临别时，家明的眼睛中有星光。

七

恋情刚开始的样子是那么迷人。

梧桐回家休息的时间都给了家明。两个人逛遍了梧桐家方圆两公里的地方。下雨天陌生人家的屋檐下，还没有被房地产商开发掉的有蛙鸣的荷塘边，体育馆的草地上，处处有他俩的身影。

春花秋月莫过如此吧。

有天晚上，家明说带梧桐去参加同学的生日舞会。

我不会跳舞啊。

没关系的，你跟着我的步伐，像慢慢走路一样就可以了。

去了梧桐才知道，什么同学的生日舞会啊，分明就是家明前女友的生日舞会。

那个女子微卷长发浓眉浓妆，妩媚动人。

梧桐有点紧张地抚了抚自己白色长裙的裙裾。周围的人没有一张熟悉的面孔，除了家明。

自己清淡如水，真的就适合家明吗？那一刻，梧桐却没有想过家明是否适合自己。

刚好在放一首梧桐熟悉的赵咏华唱的《最浪漫的事》，此

时，家明也牵起梧桐的手："来，我们来跳舞。"

梧桐羞怯地跟着家明来到舞池，在家明的带领下随着乐曲左右晃动，家明身上的气息清晰可闻，是一种只属于年轻男子的荷尔蒙清香。也是家明专属的味道。

他们会一辈子在一起吧。他们会一辈子相亲相爱吧。

一曲终了，梧桐意犹未尽。她舍不得离开家明的手心和怀抱。

"梧桐，这首歌让家明陪我吧。"前女友不等梧桐答话就抓起家明的手旋转起来。

家明只来得及丢下一个歉意的眼神就开始了和她的旋转飞舞。

"你好，我是家明的同学，你叫我五毛就可以了，他们都这么叫我。"一个戴眼镜的男孩坐在了梧桐身边自我介绍。

看着眼前的眼镜男，梧桐觉得好像在哪儿见过。

眼镜男看出梧桐眼神的疑问。

几个月前，我们在鸡公山的报晓峰见过。

是的呀，梧桐记起来了，不好意思地笑了。

"他俩是高中同学，一个学文，一个学理；一个娇，一个傲。读大学时总在一起玩。我知道你，家明在我们面前提过你，家明从小被家里惯坏了的，只有你适合他。"

梧桐感激地对眼镜男孩笑了说："我没有吃醋啊。"

"谈什么呢，这么高兴。"家明走过来。

梧桐故意不去看他。

"说你呢，被家里惯坏了。"

"你才被惯坏了，四个姐姐，早就宠坏了。"

"五毛可要比你好点。"一个女声插了进来。

"我是朱莉，我们三个人从幼儿园开始就在一起了。家明，你可不要欺负她。"

这个朱莉一副大姐姐的样子。梧桐很快对她有了好感。

多年后，梧桐才认识到再好的朋友也不可能陪伴我们一辈子。我们一生中，有些朋友走着走着就半途中走丢了或离开了，有的是因了路的方向不同，有的是因了走路的方法不同，有的是因了情怀不同，也有一些朋友是在中途认识的，因为追寻着相同的理想，所以走着走着就走到同一条路上了。

一路上，我们一边爱恨情仇，一边收拾心情充实心灵。只为了殊途同归。

很快又到了年底。这个春节梧桐正上班。年三十晚上，主控室里暖意融融，站里早就备好了过年时要吃的和要喝的。主控台上有瓜子、糖、苹果、花生。

梧桐却觉得还是少了什么。

老师傅的老公拎着个布包袱跑来陪着师傅过年。梧桐很好奇那个包袱里裹着什么好东西。

大家在桌上放好火锅、蔬菜，摆好碗筷，准备大吃一顿时，主控室的厚帘子却被意外地掀起来了。大家齐齐回头，看向那个掀帘子的人。

是围着蓝白格子围巾的家明！

霎时，梧桐明白了之前她觉得缺少的是什么了。

长腿的大星一个箭步迎了上去："老班，你怎么来了。"

"我路过这里拜年，就来看看你们。"

"快来，快来。"师傅一把把家明按在椅上。

穿着黑色短皮夹克的家明，从身后的背包里取出了五瓶红星二锅头。

家明酒量好，师傅的老公酒量也好。两个人棋逢对手，又是新年夜，又是在只有鸟拉屎的地方。两个人敞开了喝，家明

早就取下围巾，脱了夹克，穿了件深蓝色的毛衣。

"你这件毛衣是不是女朋友打的啊，这针线一看就是初学者的手艺。"师傅问家明。

梧桐在一旁脸都红了。家明笑了，说："师傅聪明猜到了。"

"你女朋友是哪里的，怎么不带来玩玩？"

家明说到时候会让大家知道的。

大星在一边偷笑。七月也是。

梧桐不明白他俩笑什么。

酒喝尽兴了，师傅的老公解开那个包裹，里面竟然包着一副麻将牌。

正好家明来了，这角有了。

"主控室不准打牌的。"梧桐和七月几乎异口同声。

"今天年三十，过年，例外，再说哪个领导会来哦。"

主控室的窗外有雪花在飘着。远处有鞭炮声。

如果没有家明的到来，这个大年夜梧桐的心一定是缺失的。

"我去巡视设备啊。"梧桐打了个招呼就下去了。

空中有雪花在飞舞，空气清新冷冽。身后有脚步声。

梧桐回过身，她知道是谁。

雪地里，她静静等着他追上他。

家明赶上来，一把拽过梧桐，拥在怀中。梧桐赶紧看看四周，除了冷冰冰的设备，没有其他人。

他俩不知道，有个人正站在楼上窗户边看着他俩相拥相行。

那个人看着他们，半晌，朝着他俩的方向挥了挥手。

巡视完设备上来，牌桌已摆好，三个人正等着家明。

梧桐坐在家明旁边看他两只手熟练地灵活地码牌、起牌、出牌、和牌、洗牌，一只手的手指还夹着一支烟。

他的动作是那么洒脱，那么帅。

他的神态是那么闲散，那么迷人。

梧桐静静坐在旁边，双眼发亮，嘴角含笑，一直到半夜两点。

梧桐实在熬不住了，一个劲儿地打哈欠，家明回过头让她去睡。

梧桐裹紧了军大衣，又盖了件军大衣，靠在椅子上一会儿就睡着了。

醒来已是凌晨五点，主控室静悄悄的干干净净的，仿佛昨夜喧闹的一切都只是一场梦。

大星告诉梧桐："家明进城搭早班车了，他要回去拜年，他让我跟你说一声。"

雪停了，地面上湿漉漉的，远处太阳就要跃出地平线了。

新年快乐。梧桐轻声祝福自己，也祝福家明。

八

没有想到梧桐和家明的恋情遭到了梧桐母亲的反对。

作为长辈和生活的受教育者，梧桐的母亲不看好他们，她语重心长地告诉梧桐："爱情不是婚姻，相爱的人不一定就适合婚姻生活。而且作为独生子的家明个性并不适合你。"

可热恋中的梧桐怎么会听得进去母亲的话呢？

她和家明这么相爱，他们也一定能过好婚姻生活。

母亲终究拗不过牛脾气的女儿，无奈下也只能答应了婚事。

年轻时为了爱情一意孤行的我们，有几个是愿意听从父母的教导的，有的是父母越反对越激烈地争取要在一起，有的甚至与父母断绝了来往。

只有自己人生过半了，经过了体验了了悟了才明白感受到

父母当年的苦口婆心不是没有道理的。

可是，爱情是我们自己遇到的，婚姻是我们自己决定的，如何生活都是我们自己选择的。好与坏，对与错，是与非，黑与白，能简单说清吗？

22 岁的梧桐是那么年轻，年轻得没有任何生活经验，只有一颗对未来生活无比憧憬赤诚的心。

25 岁的家明同样年轻，还是个大男孩，这个缺少温暖、缺少爱的大男孩相信外表文静温柔的梧桐就是那个可以给自己很多很多爱很多很多温暖并一直温暖一直爱下去的无怨无悔的女子。自己却并不懂爱和付出。

我们在生活和婚姻中摸索成长着。在岁月中，有的人长成了自己想要的模样，更多的人是离最初的那个自己越来越远。

那年栀子花花香袭人，梧桐穿上了洁白婚纱，是最美的新娘。而前来迎亲的家明在梧桐众亲友团团推、拉、扯之下早就脸笑僵了，汗直流。

当家明在伴郎们的成功破门下进入梧桐的闺房，看到端坐在床上如白玫瑰的梧桐时，那一刻真的是快喜极而泣，感谢苍天。

两个人含泪跪拜完梧桐的父母，告别众亲友，家明一把抱起梧桐在欢声笑语中走向大门，向新生活迈出了第一步。

最初的生活充满了新意。

梧桐是四天一倒班，回家休息时，梧桐精心搭配一日三餐，吃得家明肚子圆滚滚。一天，院子的水塔坏了，水里有沙子。虽然梧桐把水沉淀了一会儿才用，但煮好的豆丝吃在嘴里仍有沙感，可家明大口大口吃着，毫不在意，还宽慰梧桐：好吃好吃。

夜晚，有时一个在灯下看小说，一个看球赛；有时也一起去淘片子回来相拥偎在沙发上为别人的故事而感慨；有时约几个要好的同学朋友聚在小窝里，做几个拿手菜把酒笑谈，好不快意；还有时去恋爱时的故地走走，街心公园的那棵定情的柳树已砍去，他们第一次亲吻的池塘边也被填平盖起了高楼。

这城市日新月异。变化的不仅仅是周围的景物，还有我们以为熟悉了解的自己和爱人。

不知道从哪天开始他们之间有了口角，是孩子出生后吗？是生活中的琐碎之事多了后吗？还是爱情的保鲜期过期后？还是因为他们自己开始了成长变化？

都有吧。

普通家庭普通人有的烦恼，梧桐和家明也会遇到。婚姻一旦跟柴米油盐酱醋茶相遇相亲，也是会发生化学反应的。

没有孩子之前家明就是梧桐的孩子，女性特有的母性在梧桐身上发挥得淋漓尽致，家明一方面很享受这种被照顾的感觉，一方面内心也有点抗拒梧桐事无巨细的关心。

梧桐上班四天不在家，年轻爱玩的他趁机乐于享受几天的单身生活。

随着孩子的来临，家明发现梧桐几乎把时间、视线，包括那份母爱全都给了孩子。她不再关心自己的心情、冷暖，不再追问"你爱不爱我"之类的问题。

她忽视了自己。

心里失落的家明甚至开始怀恋梧桐曾经的爱的密不透风。

这个时候，前女友出现了。她要移民去英国，来向家明告别。

他们约在一家咖啡馆见面。那是一家设计风格怀旧复古的店，很适合叙旧倾诉。

隔壁是一家音乐教室。梧桐带了孩子上完课出来，路过咖

啡馆，透过临街的落地大窗，看到家明和一年轻女子正言笑晏晏，那副画面很美，那个长卷发女子有点面熟，梧桐一时之间想不起在哪里见过。

不敢多看，梧桐没有停下脚步，牵着孩子匆匆离开了。

回到家，梧桐无心做饭，呆呆蜷在沙发上，是自己和家明的爱出了问题吗？

想到爱，他俩有多久没有谈到这个话题了，他俩的目光停留在对方的身上现在会有几分几秒？他俩有多久没有拥抱亲吻对方了？

越想梧桐越心惊。

越想梧桐越难过。

为他俩之间悄然变化的感情和自己。

梧桐承认自己这几年的生活感情重心都在孩子身上，她忽视了家明的感受和需要。

可自己也很累，没有多的时间和精力来照顾家明这个大孩子。而自己也需要分担和关爱啊。

这个夜晚梧桐就在回忆和反思中等来了晚归的家明。

九

家明轻手轻脚开门进屋，看到客厅的小台灯还亮着微黄的光，梧桐裹着薄毯蜷缩在沙发上已经睡着了。

地上凌乱掉着两本书和几个玩具。

他的脚不小心踢到了一个奥特曼，声音惊醒了似梦非梦中的梧桐。

梧桐睁开眼睛见是家明，掀开薄毯，拍拍沙发说："过来坐坐。"

家明挨近她，闻到了洗发水的香味，是好闻的栀子香。认识梧桐到现在，她从不搽香水，但身上总有清香。有时是发香，有时是护肤品的淡香，有时是衣服的棉麻香。

淡淡的，如她的性情。

家明不禁拥紧了她，嗅了嗅她的头发，梧桐感觉到了家明的温情，心里不由叹息一声，他们有多久没有这样相拥相亲了。

连睡觉中间都隔着一个小人儿。

"我今天去见了杜若，她离婚了，马上移民去英国。"家明倒也坦白。

"我们聊了很久，越聊越觉得婚姻相守一辈子不容易，因为要持久地去迁就、包容、妥协，甚至原谅对方。他们没能原谅对方，所以选择了离婚。我喜欢家的温暖感觉，喜欢你和孩子围绕在我身边，你不在时，我其实很想你，但我害怕你无视我，你现在眼里只有孩子只有你自己。你自己想想你有多久没有好好跟我说说话了。"

"孩子还小，需要我的陪伴啊。我在家的时间一年只有一半，只能把剩下的一半时间全都给他。"

"我们能陪他的只有这短短的 18 年，他读大学后，就会有自己的女朋友、男朋友，自己的生活。而我和你，还有大半辈子呢。"

梧桐说到伤心处，忍不住泪满眶。

"以后就我们在家，四目相对，想想如果没有了爱没有了沟通，只有冷漠和敌视，会多可怕。"

"我今天看到了你们在咖啡馆，当时我心一下子乱了。周围熟悉的朋友有婚外情的不少，你也是个平凡的男人，如果有，我不奇怪。但我会失望会伤心会愤怒。"

家明听到这里，拥着梧桐的手更用劲了，"那你要对我好，要不然，我去外面找温暖。"

"你去啊，你去啊，我不又稀罕你。我还觉得你是个麻烦，正好谁要谁领走。"梧桐也半真半假地嗔到。

这个夜晚，两个人难得地聊了很久很久，有些事聊开了聊透了就越发心定了，有云开日出之感，对未来也有了好的期许。

两个人觉得心从未如此贴近。

"妈妈，爸爸是不是在欺负你？"这时起来尿尿的孩子看到在沙发上紧拥在一起的他们被惊到了。

两个人手忙脚乱地分开。

"没呢，爸爸在爱妈妈呢。"

"妈妈爱我。"

"是的，妈妈爱你，爸爸也爱你。"

"我也爱你们。"

这孩子没有睡傻啊。家明冲梧桐眨巴着眼。

秋去春来，桂花落了海棠开了。生活在继续。

随着城市经济的发展，变电站周围的景物慢慢也在发生改变。农田逐渐减少，新做的房子越来越多。七月和大星先后调去了重要的岗位。当年一个班的同事，只有梧桐还在这里。

梧桐眼角的细纹也越来越多，早晨起来梳头会有白头发落下，触目惊心。

这几年，梧桐仿佛开了窍，工作能力深得同事赞许。她参与了所在变电站的主变增容工程，综自改造工程，智能化改造。看着电网在这十几年间快速发展，累着也快乐着。

但梧桐心里不是没有内疚，一直自责的，就是陪伴孩子家人的时间不够，父母都已年迈，孩子正在青春期，家明也比较忙。

当年清瘦英俊的家明，如今喝酒应酬有了肚腩，随着大起来的肚腩，脾气也大起来。

尤其是酒后，这点令梧桐又厌又怕。

今天晚上家明又喝多了，一进家门，刚把鞋子脱掉，就嚷："这酒有问题，假酒，快，快拿垃圾桶来。"话音刚落，就"哇"了起来，正好一股脑儿地全喷在了地上，他半个身子也趴在沙发上，搞得沙发上也吐了些污秽。这一刻梧桐真恨不得把这个男人踢出去。

这时家明嘟哝了一声："老婆。"

梧桐拿了块抹布，拎着垃圾桶，趴在地板上，用抹布兜起污秽之物，丢进垃圾桶里，再冲净抹布，又来兜起，如此反复多次，才把地板抹干净。又端来空塑料盆放在沙发下面接住用杯子一杯一杯冲掉的沙发缝隙中的污秽物，冲不掉的就用牙刷刷，一下一下，直到闻不到酒臭味了梧桐才停手。

家明半趴在沙发上，人早就睡着了。

梧桐仔细擦着他衣袖和裤腿上的污秽物，这个男人今晚终于没有发酒疯，而是很乖地睡着了。梧桐拿过瑜伽垫塞在家明半个身子下面的地板上，在瑜伽垫上面铺了床薄垫被，使劲扳过家明的身子，让他躺在瑜伽垫上面，再替他盖上薄被。

可能是梧桐脱袜子的手劲重了点儿，家明有点不舒服地哼了一声，无意识地喊了声："老婆。"

梧桐听到这句老婆，鼻子发酸，怔怔看着眼前昏睡的家明，他头发和眉毛比起多年前，没有那么浓黑了，是不是毛发黑浓的人，脾气都不怎么好？抿着的嘴唇没有变化，但最动人的情话和最伤人的恶语都是从这张嘴巴里说出来，深深打动过也深深伤害过梧桐，紧闭的双眼没有以前那么黑那么亮也没有以前那么深情许许。

梧桐又用温热的毛巾仔细擦拭着家明的脸庞和双手。这双手此时冰冷无力，以前它曾多么温暖有力地拥抱抚摸过梧桐啊。

思君令人老

而今也是这双手，会在两个人争执时用力摔茶杯、烟灰缸。

这流年啊。

这流年让梧桐和家明有时无法正视各自和众生皮袍下的小，丑，恶，假。

这流年把梧桐从明媚的少女活生生变成了不那么好看的中年妇女。

这流年让这对爱侣由爱生怨，由爱生怖。

这一夜，梧桐睡在家明身旁的沙发上。

第二天早上醒来，家明看到身上的薄被和身下的棉垫，走到正在给孩子煎鸡蛋的梧桐的身后，轻轻抱住她，下巴抵在梧桐的肩膀上。梧桐也不言语，由他环抱着。

半晌，家明说："我再不喝酒了，昨天喝了假酒。"

梧桐回过头认真地说："你说话算话吗？"

因为这样的话，梧桐听过多次。

"你酒量再好，也是 40 岁的人了。你看看你的肚子。"

"你又不会嫌弃我。"家明又开始嬉皮笑脸。

梧桐看着眼前这个缺少自律但和自己已是骨肉相连、无法剥离的男人，渐渐花了眼。

十

家明边喝热粥边呵嘴："嗯，好喝好舒服。"

梧桐不禁叮嘱道："你慢点儿，小心把牙齿烫坏了。"家明小时候糖吃多了，牙齿烂了两颗。

"老婆，你真好。"这句话是家明发自肺腑的。昨天晚上他虽然醉倒昏睡，但迷迷糊糊中的他不是没有感受到梧桐无声的忙碌和凝视。

他内心一直有个声音在说："老婆，我爱你。"

难得梧桐俏皮地回应："你才知道啊。"

这么多年，梧桐很少撒娇，她也不是这一型的女人。其实，会撒娇的女人在婚姻生活中可以避免某些矛盾和争执。

说到底，梧桐是有几分倔强几分清高几分自我的。

家明连喝两碗白米粥，心满意足地上班去了。家中一下子静了下来，梧桐洗完餐盘，仔细擦干净水滴，放在架子上。

窗外有隐隐的桂花香和稚子声。秋阳正好。

从认识家明到现在有二十年了吧。最美好的二十年他们彼此陪伴。

人生有几个二十年呢？

这二十年里，他们最初对生活对婚姻也曾全情投入过，只是慢慢地，只是渐渐地，他们从相爱相亲到相疏相怨。

这二十年里，他们青春的步伐最初是一致的，只是走着走着，他们的步伐随着各自思想的变化出现了某些偏差，而对于偏差的问题，他们又没有及时沟通解决，也没有掌握正确的方法，以致积怨成疾。

面对悄然变化的一切，人到中年的他们意识到岁月无情，再来改变解决，非一朝一夕。

这个家，处处充满生活的气息。那个宽大的灰蓝色沙发，是梧桐窝着看书的舒服之处；客厅墙上的那副玫瑰盛放的小帧油画，是当年结婚前在省城的大商场买的新婚之物；那个茶几上的蓝染桌布，是梧桐和家明去桂林游玩时一起挑选的；书桌上的那盏温馨的黄色牛皮纸桌灯也是梧桐和家明逛家具城一眼相中的；还有那些绿色的吊兰、绿萝、文竹，它们这么多年一直在这个家里默默陪伴着梧桐和家明由青春正好到白发渐生，样样都有这个家独有的味道，样样都是梧桐的心爱之物，样样都是爱的见证。

不知道什么时候，车窗外的雨停了。

这个季节的田野真美啊。深深浅浅的黄浓浓淡淡的绿交织

着，如莫奈笔下的油画。

梧桐收回思绪，合上双眼，眼前还是浮现了几天前的一幕。

那天，家明兴冲冲地回到家，一进家门就嚷嚷："老婆，有件好事，要不要听。"

梧桐有点狐疑地看着家明："你能有什么好事？你涨工资了？"

"我要下派挂职锻炼了。"

"真的吗？那好啊，我支持你。"

人到中年的家明，之前再怎么淡泊明志，一旦机会垂青于己，还是按捺不住内心的激动和欲望。

对于这，梧桐理解。家明有扎实的专业知识，工作能力也强，在外面人又随和可亲有颜值。这样的男人只是缺少机遇。

而今，机遇来临，梧桐也替家明高兴。

夫妻欢喜之余又感到问题重重。双方父母年岁已高，孩子正是初中关键时期，梧桐四天一轮班不在家。这些可比机遇重要。

两个人又犯了愁。

倒是孩子懂事，说："你们放心，平时我就在姥姥家，我会好好学习的。"

也只能这样了。

那晚，家明和梧桐窝在沙发上，看电影台放的香港电影《甜蜜蜜》，这时家明的手机电话响了，是家明的朋友打来约他消夜。

"老婆，我想和你看这部片子，但——"男人一旦撒娇起来也致命。

"去吧，去吧。"

"我会早点回家的。"

直到电影里李翘与黎小军重逢了，家明还没有回家。

半梦半醒中，梧桐听到了家明进来的声音，也闻到了一股酒味，然后家明冰凉的手伸进了被窝，想要来抚摸梧桐的身体。

梧桐躲开了，不满地嘟囔了一声："烦人。"

这下可好，家明借着酒劲，一把掀开被子，一下子抓住了梧桐的手臂问："你是不是讨厌我？"

梧桐呼痛，无奈地说："现在几点了啊，你无聊不无聊，明早还要上班呢。"

梧桐最怕睡觉被打扰，又怕家明会继续纠结下去，只好扯过被子盖在身上说："我这辈子最不讨厌的人就是你。"

话音刚落，家明的手又伸过来了。

梧桐无奈地在心里叹了一口气，家明一张脸挨了过来，搂住了梧桐开始了酒后的回忆和展望。梧桐眼皮子在打架，有一搭没一搭地应着，家明说着说着渐渐没有了声音，只有沉重的呼吸声。

正想到这儿，梧桐就听到了一声巨响，还没有明白怎么回事，一阵天旋地转，随后世界一片黑暗。不知过了多久，等梧桐费力睁开眼才发现自己周围有呻吟声，还有碎玻璃，并且自己动不了！

梧桐明白这是出了车祸，也不知道自己伤到了哪儿，浑身都是痛的，眼睛也渐渐模糊了，有什么糊住了眼睛。

一定是自己的血，自己会死掉吗？

这时梧桐心里不是不惊慌的，但更令梧桐害怕的是一阵阵的寒冷和睡意。

这时，梧桐非常想念家明，如果有他在身边唠叨，自己也不会睡去吧。

怎么就今天出车祸了呢，今天是霜降，也是家明的生日。我还准备回家包饺子的，他和孩子爱吃啊。

想着想着，梧桐还是陷入了昏睡中。

又见姜花

简之在电脑上敲下文档的最后几个字，点击保存，然后发送成功。她关上电脑，伸出双臂舒展了一下，收拾了一下办公桌面，拉开抽屉，里面整整齐齐码放着几本书，她拿出一本《月亮与六便士》放进随身包里。

天色已黑，办公大楼里静悄悄的，偶有人声。

不用说，简之今天又加班了。

她的闺密澜心就曾说过：当心过劳死。

简之听了，也只好脾气地笑笑，她的工作需要她加班，本质上她是不情愿加班的，她当然希望下班后的时间是自己的，可以看看电影，逛逛街，喝喝咖啡，练练瑜伽。

可这样的时间不多，如果哪天不加班了，她也只想快点回到自己的小窝里，窝在沙发上看看书和好片。

"我说，你快点找个男朋友吧。"那天，澜心眨巴着大眼，嘟着嘴恨恨地说。

"你以为都像你那么好运吗？"

"我的好运也是我努力来的啊，哪有天生的好运。"

这倒是实话。

"可是，家明只有一个啊。"

"我的天，你们都分开几年了，他早已不是他；而你，还是你吗？你呀，中师太毒太深，以为男人只有家明。"

当时澜心的手指头都快戳到简之的额头上了。

简之一边躲闪着她的玉爪，一边坚定地说："我相信我会等到家明出现的。"

可是家明，你在哪儿呢？

此时，简之分外想念他。

这时电梯在某层停住了，门无声地开了，门外一对轻拥的男女看到电梯里有人，快速地分开了。

电梯内的简之愣住了，不知道该低下头还是闭上眼睛，但不管做什么都来不及了。她只好咧开嘴，挤出了一个比哭还难看的笑容。

然后鬼使神差地按下关门键下行。把那对瞬间若无其事状的男女关在了门外。

这对男女她认识。一个是老板，一个是另外一个部室的同事。

电梯内的简之心怦怦乱跳，好像是自己做错事刚被抓了现行。

刚满 24 岁的她人生经验有限，智慧有限，她能做到的就是赶快躲开他们。

出了办公大楼，简之不敢回头看，眼前的这个城市车水马龙，霓虹闪烁，可人人仿佛戴着面具。

真舒服啊。

简之端起面前的白瓷骨杯，呷了一口咖啡。

空气中隐隐有着花的清香。

她的对面，澜心正面带哀愁地看着她。

"你就不怕老板日后找你算账吗？你不说出他的秘密是你人品好，但不代表他会放过你。"

"不是有个新名词'中年油腻男'嘛，我看他就是，这种男人城府很深的。你要小心。"

"我做好分内事，其他的不参与。再说，我们中间也隔着几个级别啊，应该不会被他抓小辫子吧。"简之沉吟。

"但愿吧。"

空气中那股花香的味道似曾相识，简之好奇，起身寻着花香的来处。

在咖啡店拐角处的壁柜上，一个玻璃花瓶里插着一大捧白色的花，它是姜花。

看着眼前洁白的姜花，简之一阵恍惚，她仿佛看到了几年前的自己，手捧着一大束的姜花，站在艳阳下，穿着白裙子，望着那个叫家明的男孩，傻傻地笑着，笑得比花还好看还甜蜜。

那是 19 岁的自己。

不经意间，19 岁的自己早已远去，那个夏天也渐行渐远，远得简之快忘记了，还有那个叫家明的男孩。

"是姜花呀。"身后是尾随而来的澜心的轻呼。

简之回到座位上，咖啡已经有点凉了。她端起瓷骨杯一口喝下。

若是家明看到了，定会摇头叹息吧。

自己是怎么了，又想起他。

他已经离开自己四年了。

"对了，他向我求婚了，你看。"澜心打断了她的沉思，把白如葱的手指伸到简之眼底下。

澜心手指上戴着一枚钻戒，不大，但款式简单好看。

"太好了，你终于要成为李夫人了，这可是你 16 岁时就许下的心愿哦。"简之真心为她高兴。

澜心面带娇羞，眼睛发亮，说：

"你知道的，我和他从小就一起长大，青梅竹马，到现在也实属不易。如今，好多人都不相信感情了，因为它太难维系。我不知道今后会怎样，但我们现在真的好幸福。"

简之握着澜心的小手郑重道："他有你为妻，你有他为夫，是幸运。福气就靠你们相处了。"

年轻的简之和澜心，内外兼修，是会拥有各自的幸福的。

窗外，远处有烟花绽放在空中，似一场繁华的梦。又到年底了。

站在窗前的简之裹紧了肩上的羊绒围巾，这条围巾是澜心送给自己的生日礼物，简之很喜欢。女人之间的友情在这个冬天带来的不只是温暖。

更多的是力量。

今天晚上公司要召开年终表彰大会。作为一名职场新人，简之有幸以青年代表的身份参加。

简之看了一下时间，还有十分钟就要开始了。

她拿起放在座椅背上的大衣，关灯出门。

电梯上行。

电梯在某层停住了，进来一位妙龄女郎，香气袭人，简之的眉头微微动了一下。

进来的女郎正是几个月前见过的那位女子。

她穿着一貂毛大衣，着浓妆。简之往里面挪了一下，想与她保持距离。可方寸之间，哪有多余的地方。

幸好，这位女郎仰着头，一副不认识简之的模样。

简之不由暗自松了口气。

很快会议室那层楼到了，女郎踩着细高跟鞋噔噔妖娆地远去了，简之才走出电梯。

找到自己的座位牌，简之安静地坐下。

当公司领导念出表彰的先进名字时，简之的耳朵不可避免地听到了周围的窃窃声：

"谁不知道她和领导的事啊，装正经装恩爱，恶心透了。"

简之心下骇然，原来他们不是秘密啊。

试问，又有什么秘密能藏住呢？

张爱玲不是早就说过：生命是一袭华美的袍，爬满了虱子。

在这俗世上，人的自律多么重要啊。做一个自律的人，并非就无趣了。自律是对自己的人生负责。

简之看着主席台上的一干人，庆幸台下的自己明白了这点。

"你愿意嫁给他吗？"酒店的舞台上，主持人大声地问新娘。

"我愿意。"是澜心坚定幸福的声音。

"你愿意娶她吗？"主持人又大声地问新郎。

"我愿意。"是新郎坚定又有点哆嗦的声音。

坐在下面酒桌旁的亲友们发出善意的哄笑声。

简之看着穿着白色婚纱美如仙的澜心和他深情拥抱时，感动得泪流。

真好啊，每个女孩结婚时都是最珍贵的白珍珠。

简之希望澜心和自己以后不要成为鱼目。永远不要。

泪眼模糊中，简之仿佛看到了9岁的澜心和自己系着红领巾在玩跳房子的游戏，14岁的澜心和自己穿着花裙子偷偷试穿内衣，还有18岁时的澜心和自己一起郑重地填写高考志愿。

那时，自己和澜心在同一所大学不同院系，刚进大学的自己就遇到了比自己大两届的师兄家明。

家明喜欢运动，爱打篮球，个子高高的他打球时帅呆了，一众学妹迷倒在他的身姿下。

简之也是小迷妹之一。

澜心已经有了李寻欢，当然对帅哥有了免疫力。对简之的花痴行为，常常嗤之以鼻。

"我们去看家明打球好吗？"

"我珍贵的时间要用来联系我的李哥哥。"澜心头也不抬发着微信。

"今天有家明的比赛呢。"

"我不能晒，晒出雀斑，李哥哥会抛弃我。"澜心照着小镜子。

"家明今天有训练呢，陪我去好吗？"

"不行，李哥哥感冒了，我要去看他。"澜心给自己好看的唇形涂上唇膏。

简之对于澜心一口一个李哥哥的厚颜也只能羞羞她。

"家明约我去图书馆一起自习呢。"

这次，澜心没有拉出李哥哥，她围着简之转了一圈，上下打量一番，摇头晃脑说："你也就是个清秀，气质尚可啊。"

简之羞红了脸，说："我内秀啊。"

"还有……"简之一挺胸脯，"我18岁。"

哈哈，澜心再也忍不住，笑倒在寝室床铺上。

那时的自己又傻又可爱，正是这样的自己才让家明走近自己吧。

可后来，他们怎么分开了呢？

与君一别，他早已变了模样吧。

简之20岁那年，家明毕业了。在车站惜别家明后，简之的心一下子空了。

这个城市没有了家明，也就没有了温度和希望。

最初，相隔两地的人还经常联系，简之假期会去家明所在的城市看他。

每次去，刚入职不久的家明很忙，忙着培训考试出差加班。家明心疼简之奔波千里，简之心疼家明辛苦。

后来，简之毕业了，回了家乡，没能去成家明的城市。

面对两个人相隔千里的现实，年轻的家明选择了分手。

分别的那夜，简之的眼泪就没有干过，她似乎把一生的泪水都流完了。她木然地离开了有家明的城市。

不能再想了，简之回过神来。

"姐姐，你干吗这么伤心？"

旁边一个小男孩大眼漆黑，关心地询问她。

"姐姐是喜极而泣呢，姐姐高兴。"简之拭去泪水，爱怜地摸了摸男孩的黑发。

小男孩笑了，突然剥了颗喜糖递给简之，"姐姐吃，甜。"

"谢谢你。"简之接过喜糖，放进嘴巴，"嗯，好甜。"

生活里还是幸福的味道居多。不是吗？

杏花开了，是玫瑰。玫瑰开了，是栀子花。栀子开了，是茉莉……

简之可以休年假了。她决定去大理古城，看风花雪月，苍山洱海。

大理的天空是那么蓝，洱海是那么蓝，苍山是那么绿，白族妹子是那么美，人民路是那么迷人。

简之喜欢这里。每早睡到太阳越过洱海，越过苍山，照到自己才起来。

那日，简之转到一小院的外墙处，顿时挪不开脚步。只见那墙头，种植了满满一排白色的姜花。

那姜花正开着，迎着微风，摇曳在阳光下，香气扑面而来。

简之闻之要醉了。

不承想，那矮墙后突然有个脑袋冒了出来，简之看清后，赶紧扶住了旁边一棵绿意蓁蓁的大树，才没有腿软倒下。

那脑袋的主人也看清了简之，阳光下，一口白牙闪亮。

只见被古城的阳光晒得皮肤微黑的他开心地笑了，说："简之，好久不见。"

是久别的家明。

那一瞬间，简之以为自己在梦中，她真的是哭了又笑了。

家明从墙头摘下一把姜花，从小院子里走到简之面前。

"你最爱的姜花，送给你。"

看着眼前的姜花和眼前的家明，简之想：我们还能回去吗？

思君令人老